如果能讓爸爸回來，就算變成小狗我也甘願！

我與斑斑的奇幻流浪

夏嵐

EMO

人物介紹
Characters

釉釉

十四歲的國二少女，
溫柔、善良甚至有些天真傻氣。

!

在爸爸失蹤過後，
釉釉也離奇地被魔
法變成一頭奶油色
的臘腸狗，這到底
是為什麼呢？

釉釉住在高級公寓中過著快樂的日子，但因為爸媽工作繁忙，姊姊也在附近郊區上大學，所以無法飼養貓狗。
但釉釉經常餵食附近的流浪狗，特別是斑斑。

斑斑

外型帥氣瀟灑，
說話溫柔好聽，
是隻善良穩重的中年公狗。

對人類世界的規則非常瞭解，因為流浪狗的身份而被頻頻趕走，過著漂泊的日子。

小艾

職業不明、
神秘的美麗黑衣女子。

與斑斑、釉釉相遇在動物醫院。
經常將棕色捲髮綁成馬尾，舉止帥氣，充滿正義感，話語之間總是氣勢十足。

鄧醫師

釉釉的爸爸，
從小就很愛貓狗。

狂犬病議題爆發後致力於保護貓狗們的健康安全。
與老婆一起住在高雄開業，將兩個女兒留在北部。
但在平凡的某一天，他卻忽然失蹤了……

犬婆婆

收養了大批流浪狗的
老婆婆。

因為餵養流浪狗而被近居民唾棄責罵。
有人說婆婆對人類社抱持著恨意，也有人，婆婆其實是擅長黑法的恐怖巫婆……

《我與斑斑的奇幻流浪》推薦序

就像《愛麗絲夢遊記》，俏皮可愛又善良的小女孩——釉釉和流浪狗——斑斑，在一場車禍中結緣後的日仔，連續發生讓你想都想不到的事情。故事的情節，常常會讓你的心糾結在一塊，但卻又都能峰迴路轉化險爲夷。總之，只要你讀了這篇故事的開端，就會使得你像中了毒癮一樣，在不知不覺之間，一口氣把它讀完才會罷手。最後，爲了這些流浪狗，在此呼籲想要飼養同伴動物的人「以領養代替購買」。

社團法人中華民國保護動物協會　秘書長　黃慶榮

我與斑斑的奇幻流浪

目錄

一、夜半鈴響

悠閒輕快的爵士樂，流淌在剛裝潢好的日式禪風客廳。十四歲的釉釉，獨身坐在矮桌旁翻著水彩畫冊。釉釉綁著雙邊馬尾，俏皮可愛的神情中已帶著一些少女的嬌態。釉釉的鼻尖微挺，有著如混血兒般的精緻五官，個性天真善良的她，不只是一個喜歡上網瀏覽可愛動物圖片的純真女生，更是班上很有人氣的學藝股長。

「姊姊真慢啊！今天一定又跟男生出去，假借『做報告』之名，行『約會』之實！」釉釉嘴上雖埋怨，心底倒是挺羨慕大學生的姊姊。

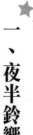

「大學生自由自在的，真好！加上爸媽又長期定居在高雄，留我們姊妹倆在北部的家，同學們都羨慕我們很逍遙自在。」釉釉回想起爸爸剛到高雄開寵物診所時，因爲事務繁忙，媽媽也南下定居，照顧爸爸日常起居，而自己就跟姊姊同住。

姊姊平常也不給釉釉太多壓力，姊妹倆每天除了忙課業外，就是學畫畫、聽音樂，跟同學出去玩。若遇到姊姊早出晚歸，有時一天都見不上一次面。

難免，釉釉的心中也會感到有些寂寞。

「還好，我最近交了一個新朋友。」釉釉甜蜜蜜地望著桌下，桌底下的這位「新朋友」也探出頭來，對釉釉搖了搖尾巴。

牠是隻長毛公狗，身上白底花色，長毛上疊有黑、棕色塊，是頭漂亮中型犬，年約五六歲。

「斑斑，怎麼皺著眉頭？我好不容易才通過大樓的管理員，把你偷渡進來的耶！」

斑斑搖搖尾巴，細長的雪亮眼睛卻不安地望向客廳大門，似乎是對於如此明亮乾淨又開著冷氣空調的環境不適應，想回到街頭呼吸新鮮空氣。

斑斑與釉釉，相遇在一個下著雨的早晨。

那天，釉釉身體不舒服想請假，姊姊卻罵她找藉口想逃課，這對於一向認真向學的釉釉來說，不但是天大的誤解，更造成釉釉的不平衡。

「從小，姊姊自己明明最愛偷懶請假，卻把自己的價值觀套在我身上！我跟她才不是同個檔次的人！我明明是真的生病，卻要被她羞辱……算了，我乾脆就病死在學校好了！咳咳咳……」釉釉拖著疲憊的身體，怒氣沖沖地走到公車站搭車。

至於姊姊為什麼一大早就把釉釉趕到學校？大概是因為她又要邀請一票大學的男男女女來家裡玩吧！

釉釉越想越不開心，連路也沒看，一恍神，眼前的人行道上竟衝出一輛阿婆騎著的機車。

「啊啊！危險！」阿婆雖然嘴裡大喊，卻似乎沒有急著煞車的意思。

「嗚嗚！」腳邊傳來一陣嗚咽聲。釉釉整個人往旁邊傾倒，差點摔在天雨路滑的磚道上。

「哎唷！夭壽喔！」阿婆連停車的意思都沒有，慌忙把車子騎走了。

「喂！」釉釉氣憤地想找她理論，這才發現自己之所以毫髮無傷，是因為……

方才，有個東西將她撞離了道路。

那是一團濕濕、大大的斑點毛球。仔細一看，竟是一頭花紋與體型都類似邊境牧羊

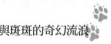

犬的中型花毛狗兒。

「天啊！你還好嗎？」釉釉蹲下來，摸了摸這頭花花的公狗。狗兒趴在路上，顯然是代替釉釉，被阿婆的機車給擦撞到了。

「能站起來嗎？」釉釉撿起自己掉在地上的傘，將這頭花狗給扶起。狗兒勉強走了幾步，樣子不太對勁。

「你這樣不行！得去看醫生！」釉釉急忙拿起智慧型手機，查到兩個路口外有獸醫院。

狗兒明顯地是條流浪狗，身上的毛髮糾結不堪，隱隱發臭，但釉釉從小就看過獸醫爸爸救治無數條這樣的狗兒，根本也不覺得怎樣。

「流浪狗之所以會流浪，大多是經營寵物生意的商人繁殖過多，加上無良飼主的不當棄養，才會讓牠們在街上過著有一餐沒一餐的生活，生了病沒人理，當然就會彼此傳染疾病。如果沒有結紮，狗兒自然也會進行繁殖動作，讓更多不幸的小流浪狗誕生在這世界上。」從小，獸醫爸爸就常跟釉釉姊妹倆解釋流浪貓狗的知識，因此，釉釉對流浪動物，總是多了幾分同情。

眼前就有一隻需要幫助的流浪狗，釉釉當然不能輕易走開。即使自己也患了感冒，喉嚨隱隱作痛，頭疼欲裂，釉釉仍堅持親自送狗狗就醫。

「不行！不能讓牠進來喔！」好不容易走到寵物診所，護士小姐看見又臭又髒的流浪狗，花容失色。

「我會幫牠付醫藥費，請你們幫牠看看好嗎？」釉釉央求著。「牠剛剛被車子擦撞到，不曉得有沒有怎麼樣……」

「這……我不能作主喔！得請醫生來！醫生准許牠進來，才能進來喔！」護士小姐的手死命擋在診所玻璃門後，絲毫沒有放狗進門的意思。

「嗚嗚……」狗兒似乎也知道自己被人嫌棄，垂頭喪氣地轉過身。

「不行，你還不能走喔！」釉釉心疼地抱住狗兒。

「小妹妹，不好意思，請問妳的狗是要看什麼病？」穿著拖鞋、披著白袍的年輕獸醫，緩緩地走來。他鏡片後方的眼神有幾分嚴厲，或許是嚴肅認真的個性使然。

「牠剛剛被車子擦撞到，現在不太能走。」

「好。」醫生不苟言笑，觀察了狗兒的外觀之後，便輕輕將狗兒抱到看診台。狗兒碩大的身體緊緊貼在醫生身上，釉釉不禁覺得，醫生雖然不愛笑，卻充滿了溫暖。

這讓她想起自己的爸爸，不過，眼前這位獸醫比爸爸年輕十多歲。

只見獸醫把狗兒放在看診台上端詳，量了肛溫、聽了心跳。

「嗯……牠的後腳摸起來好像有些舊傷，另外，牠之所以走不太動，應該是血糖太低了，跌倒後一時站不起來。外表沒有任何外傷喔！若要照X光，就要打麻醉，但我不建議流浪在街頭，身體狀況已經不佳的狗狗突然打麻醉，妳要讓牠住院觀察嗎？還是要帶回去，若進食後仍有異狀，再回院檢查？」

釉釉聽了醫生一連串的說明，眨了眨清亮的眼睛，一時間有些難以消化他說的資訊。

「那……先留院觀察好了。」

「沒問題，有任何問題，都請打櫃台名片上的電話問我。」醫生拿出醫院的名片，雖然臉上仍舊毫無笑容，作風卻十分的「阿莎力」，很果斷直率。

釉釉親自餵完狗狗，付了食物與住宿費用後就先離開了。

當她隔天再去探視狗狗時，因爲吃飽喝足，狗的步伐顯得輕盈有力許多。

「我知道妳家可能不容許養流浪狗，不過，現在外面捕狗隊的人，會優先抓走沒項圈的野狗。」狗兒出院時，醫生遞出了一個全新的項圈。「這個項圈送妳們，上面有掛已施打狂犬病疫苗的小圓牌，讓路過看到狗的人不至於恐慌或者排斥牠。」

原來，醫生還幫狗兒打了狂犬病預防針。

釉釉十分感動，抬頭望著醫生胸前識別證上的大名，他姓李。釉釉決定好好記住這位李醫生。

李醫生雖然臉上幾乎沒有笑容，但只要釉釉有疑問，他總是不厭其煩地詳細解說，之後，釉釉每天都拿著狗食，親自到巷口尋找狗兒的身影餵食牠。久而久之，釉釉也開始學會每個月幫狗兒點防蚤藥，並定時餵狗兒預防藥，防治可怕的心絲蟲病。

而狗兒的名字也不再只是「狗兒」，而是被冠上了一個新名字——「斑斑」。

斑斑這名字，呼應著狗狗身上的長毛白底棕黑花紋，釉釉每週都親自在大樓下方的花園澆水區，替斑斑洗澡。

「姊姊，我們把斑斑養在家裡好嗎?牠現在很健康，個性又很穩定。」

「不行啦!這種來路不明的狗，說不定年紀很大了，萬一養不久就死掉，妳會傷心的!」姊姊總是拒絕釉釉「收編」斑斑。「而且呀，斑斑這輩子流浪習慣了，妳要是真的每天把牠關在家裡，搞不好牠會得憂鬱症喔!再說，我上大學每天一堆活動，自己都很難準時吃飯了，妳不久也要上高中、補習，然後念大學，真的有辦法好好照顧狗嗎?」

姊姊的擔心，並非沒有道理。但釉釉仍鍥而不捨，每次與住在高雄的媽媽通電話，一定會提到斑斑，然而，媽媽的看法也跟姊姊一樣。

「釉釉呀!」媽媽無奈地說：「你爸和我其實都很喜歡狗，但我們的生活型態真的不適合養狗。妳和姊姊都還在念書，爸爸又忙得要死，而且我們又不住在一起，不能因爲一時衝動、同情就驟下決定喔!這樣受苦的，到頭來還是寵物啊!」

「嗯!我知道了。」但釉釉的心底始終沒放棄。這天，她好不容易瞞過大樓守衛與管理員，將斑斑偷偷帶回房子裡。

「原來，有狗狗陪在身邊，一起看電視、聽音樂的感覺，是這麼安心……」釉釉摸著斑斑的毛髮，一面等著姊姊回家。

不過，斑斑看起來卻一點也不放鬆，彷彿待在房子裡心情很悶，想快點出去似的，死盯著大門。

「唉！斑斑，你就這麼想出去喔？」釉釉感到非常失望。「想說偶爾把你帶上來吹冷氣，你卻這麼不領情啊！」

「嗚嗚……」斑斑輕聲嗚叫著，壓下耳朵，似乎在撒嬌，也在抗議。

「你說什麼我聽不懂啦……唉！如果我能明白你想說什麼就好了。」就在釉釉自言自語時，大門傳來鑰匙轉動的聲音。

「我回來囉！」姊姊身上帶著淡淡的啤酒味，喉嚨有些沙啞，大概又跟同學跑去KTV唱歌了。

「妳回來囉？」釉釉仍老神在在地撫摸著斑斑。

「咦？啊！」姊姊看見斑斑窩在桌子旁，往後大跳了一步。「狗……狗為什麼在家裡？妳怎麼偷偷把狗帶回家裡？」

「妳每週都帶朋友回來，我當然也可以偶爾帶我的朋友來啊！」釉釉翻了翻白眼，對於姊姊誇張的反應，感到啼笑皆非。

「不行啦！外面的狗怎能突然帶回家裡！」聽到姊姊高分貝的抗議，斑斑似乎也很不自在，連忙驚慌地起身。

「妳可以不要這樣嗎？嚇到牠了啦！」釉釉非常不開心。此時，斑斑飛快地竄到姊姊身後的大門，舉起前腳抓著門板。

「妳看，牠明明就很想出去！都是妳把牠帶回來關在這裡，牠會分不清楚哪裡才是牠的家啦！」姊姊得意地笑，順手替斑斑開了門。

斑斑奔到前廊上，釉釉擔心地追了出去。

「不行喔！萬一被大樓警衛看到，你會被通報到收容所抓走喔！」釉釉連忙把斑斑帶進電梯，從後門將斑斑低調地送回街上。

望著斑斑離去的身影，釉釉的心底湧起一陣寂寥與無奈。原本期望能偶爾與斑斑在室內一起吹冷氣、讀書、看電視，沒想到，斑斑似乎還是鍾情於戶外的生活……

釉釉沮喪地回到家時，正巧聽到電話鈴響。

這麼晚了，會是誰打來呢？

「真是的！也不接電話！」她唸著姊姊，連忙接起話筒。

「釉釉！」電話那頭，傳來媽媽慌亂的聲音。「爸爸有回家嗎？」

「沒有哇！怎麼了，妳和爸爸吵架囉？」釉釉問。

「這倒不是……我也一直在想是不是我做了什麼刺激他的事……」

「怎麼了？」聽到媽媽如此魂不守舍的語氣，釉釉也擔心了起來。「難道爸爸怎麼了……」

「他突然失蹤了！從前天開始，就沒去診所上班，也不回家！我問了好多親朋好友，也問了高雄本地的獸醫同業，沒人知道他怎麼了……唉！稍早我已經打電話報警了！」

「什麼，爸爸失蹤了？」姊姊慌慌張張地跑來，搶過釉釉手中的話筒。「那現在怎麼辦？」

二、沒有爸爸的日子

電話中的媽媽，大概是猜到姊妹倆驚慌的模樣，深呼吸後轉用較爲鎮定的語氣。「妳們不要過度擔心，媽媽今天只是打電話來問一下，妳們不要這麼晚了大呼小叫的。隔牆有耳，萬一給不肖人士聽到妳們倆姊妹獨居，爸爸又不在身邊……這不是更危險嗎？」

媽媽柔和的語氣，讓釉釉率先鎮定下來，姊姊卻還是像偶像劇女主角般發出高分貝的講話聲。

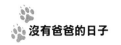

「可是，可是……天啊！」

「好了啦！」釉釉不耐煩地瞪了姊姊一眼，把話筒拿回來。「好，媽媽，那妳要我們怎麼做？」

媽媽繼續吩咐道：「我要妳們先冷靜想想，這幾天是不是有可疑的人影出沒在妳們的學校或住家附近？」

「沒有啊……」釉釉與姊姊面面相覷。

「電話呢？有奇怪的人打電話來嗎？」媽媽又追問著。

「真的也沒有……」姊姊說：「媽媽，妳認爲爸爸是被綁架了嗎？」

聽到「綁架」這樣的字眼被用在自己的爸爸身上，釉釉心中好震驚，頓時目瞪口呆。

「不，我報警時，警察說爸爸只能算是失蹤。一般綁匪若有要求，會在一天內就主動聯絡被綁架者的家屬。」媽媽嘆息道。「我只是想問問妳們有無這樣的線索，既然妳們也沒有……那，爸爸很可能就只是失蹤了。」

「是身體不舒服嗎？希望不要昏倒在哪裡才好……」釉釉難過得紅了眼眶。一向少根筋的姊姊也垂頭喪氣。

「其實，你爸上個月才去做身體檢查，一切都好，算是他那個年齡層很健康的人。我問過獸醫診所的同事，他們也說爸爸最近上班只是有點心神不寧，沒有太大的異狀……」

「既然心神不寧……那可能有煩人的心事吧？」敏銳的釉釉率先發言。

「唉！他都不把工作的事情跟我說，我也不知道他在煩些什麼……」母女的對話就像個無限迴圈。大家討論了十幾分鐘，卻毫無結論。

「好吧！媽媽這幾天先在高雄這裡到處問問看，然後回北部陪妳們，我在北部有認識的徵信社偵探，也許……可以找他們幫忙。」

最後，媽媽要姊妹倆小心門戶、出外結伴同行，便掛斷電話。

度過了一個失眠的夜晚後，釉釉一早就收拾書包，從儲物櫃拿出狗食下樓。

每天早晨先餵飽斑斑才上學，已經成爲釉釉的例行公事。

不管當天有多麼煩人的小考，或是有什麼討厭的人際關係要處理，釉釉一看到斑斑咧嘴吐舌的模樣，總能獲得滿滿的元氣。

「斑斑？斑斑！」今晨有些不同，斑斑並沒有在大樓後門的花圃旁等候。

「奇怪……難道，連斑斑都跟爸爸一樣失蹤了？」越想越不安，釉釉顧不得自己會遲到，在住家附近的巷弄間奔跑了起來。

這一跑，她看到了非常驚人的景象。

附近原本該有許多活蹦亂跳的流浪狗，今早卻一隻也不剩。

「糟糕！該不會被清潔隊捉到收容所了吧？我有替斑斑別名牌，也打過身分認證晶片，希望斑斑沒事才好！」釉釉擔心地四處張望。

就在此刻，釉釉的眼角餘光，瞄到了後巷某個一動也不動的身影。

那團白白、小小的身影，似曾相識……

「這不是張伯伯每天都放出來大小便的博美狗——『兔兔』嗎？兔兔，妳怎麼了！」一挨近兔兔，釉釉嚇得雙頰慘白。

原來，兔兔已經去世了。

但讓人震驚不已的是，牠死狀悽慘，掉舌、翻眼，嘴邊還有一攤血，身體脹得大大的，像被打了幾噸的空氣。很難想像一隻小小的博美狗，在死前必須經歷如此恐怖的劇痛，懼怕無比又孤零零地離開這世界。

「好可怕……爲什麼會變成這樣……難道，有人毒狗？這樣的話……那斑斑……」

釉釉縱使雙腿發軟，仍惦記著斑斑。

她急忙往下個巷口前進，認出兔兔飼主張伯伯的家時，她順手按了門鈴。

「你們家的兔兔，昨晚放風之後，是不是沒有回家？」

「是啊……還以爲牠跑去哪裡玩了。」張伯伯一看到釉釉的神情，緊張得踏出家門。「怎麼了？牠發生了什麼事？」

「我……」釉釉心如刀割，面對不知情的張伯伯，她沒辦法說出方才看到的真相。

「我……我剛剛看到一隻狗被毒死了，我在想……」

釉釉還沒說完話，張伯伯已經慌張地推開她，往巷底盲目地邊跑邊找，眼淚急哭在雙頰。

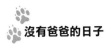

「兔兔？天啊……」張伯伯瑟縮在屍體旁，哭得全身顫抖。「兔兔……妳怎麼變成這個樣子……誰，是誰這麼狠心！這死狀，絕對是吃了毒藥！唉！兔兔……」

張伯伯已經泣不成聲，兔兔是他從小養大的博美狗，從釉釉有記憶開始，兔兔就跟張伯伯幾乎形影不離，一老一少，互相扶持至今。

原本以爲兔兔可以在年歲漸長後，在張伯伯的宅第安享天年，沒想到，卻發生了這樣的慘痛意外。

張伯伯抱起兔兔僵硬且脹大的屍體，輕輕替牠蓋上眼皮。牠原本瞪得幾乎暴出的眼珠，終於闔上。

「兔兔！對不起，是爸爸害死了妳！都是我偷懶，讓妳一個人出去散步……結果誤食了毒藥……到底是誰這麼狠心！到處毒死別人的狗！」

「也許……是不小心的。」釉釉低聲說著。畢竟這附近老鼠不少，可能有人放了老鼠藥或殺蟲餌劑，才會毒死狗兒。

遇上偽裝成食物的毒藥，任何狗兒都會缺乏警覺性，何況是兔兔這種家犬呢？

「早知道我就不要怕麻煩，上好牽繩，親自陪牠出去散步……」張伯伯仍在哽咽，但也猜到釉釉正在擔心斑斑，因此緩聲說道：「釉釉，快去找斑斑吧……希望妳，還來得及……」

看到如此悲痛的張伯伯，釉釉當然是既擔心又害怕，連忙拔腿離去。她第一次體會到，原來幸福是如此脆弱……倘若斑斑也跟兔兔一樣，痛苦不堪地橫死街頭，那釉釉一定也無法原諒自己！

想著、想著，她加速狂奔了起來，就連制服裙擺濺上泥水，也毫不在乎。

「斑斑！斑斑！」釉釉已經找遍了住家附近，由於早已遲到，她只好打電話到學校，跟老師請假。

「我的家人不見了，我急著幫媽媽找人！」釉釉自認沒說錯，不管失蹤的爸爸，還是可能慘遭毒手的斑斑，都是家人。眼前的她只希望趕快先找到斑斑，別連這個忠心的朋友都失去了……

掛上電話，停駐在一個自己已經無法認出道路的巷口，釉釉才發現，原來她已經奔離原本熟悉的社區了。

這裡是哪裡？空無一人的小公園外，有個破落的棚子，外頭掛著雨衣、水桶和舊衣物，看來裡頭似乎有住人。

但除了遊民之外，誰會來住這種又髒又溼的地方？

忽然間，公園樹頭的鳥兒停止了鳴叫。周遭的巷弄彷彿被按了靜音，什麼聲響都發不出來。

緊接著，映入眼簾的是一個步伐蹣跚的駝背身影。一個蓬頭垢面、面貌凶狠的黑衣老婦人，正沉默地站在對街瞪著釉釉。

她的表情似乎在憎恨著誰，口中喃喃自語，彷彿在詛咒著這個世界。而當風向改變時，釉釉聞到了她身上濃烈的惡臭，又酸又苦。

更詭異的是，老婦人的身後跟著一大群花不溜丟的靜默生物。

那是野狗群，有些已經患了皮膚病，有些只有三條腿，爲首的是一隻半人高的大黑狗，只有一顆眼珠。

將近二十隻狗冷靜地跟在老婦人身後，不吵也不鬧，彷彿被施了魔法，老婦人每走一步，牠們就跟上一步。沒有狗敢超越她，更沒有狗敢胡亂吠叫。

通常看到成群的流浪狗時，牠們多半會激動亢奮，絕不像此刻如此安靜乖巧。老婦人身上似乎有種邪魅且神秘的魔力，讓這些狗兒安安份份的。狗兒甚至不亂聞亂嗅，眼光全放在老婦人身上，彷彿她的一舉一動，就是世界的中心。

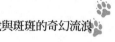

「喂！」老婦人粗啞的叫嚷，讓釉釉寒毛直豎。等她意會過來時，才發現老婦人是衝著她來的。

整批狗群就像老婦人肢體的延伸般，不分黃、黑、白、紅各種花色，彷彿一群海水簇擁著她前進。

「喂！」她又叫著釉釉，而釉釉慌得四下張望，街上沒有半個人影能回應她求救的眼神。

「妳，在找妳的狗吧？」老婦人尖細恐怖的聲音迴盪在街頭。

釉釉這才明白，她可能知道斑斑的去向。這樣的話，硬著頭皮也得搭理她了。

「嗯……對。」釉釉乾著嗓子回答。「我在找我的狗，斑斑，他是一隻大約這麼高……」

「我知道牠長什麼樣子，連牠的花色我都一清二楚。」老婦人打斷釉釉的話。「除了這頭狗，妳應該還在找什麼東西吧？」

「啊？」釉釉搖搖頭。

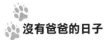

「應該說，妳也在找人吧？妳身邊有誰突然消失了嗎？」

釉釉想起失蹤的爸爸，但這是家庭隱私，她才不願跟一個不知打哪冒出來的老婆婆分享。

「那好吧！」老婆婆幽幽一笑。「若我告訴妳他們的去向，妳要拿什麼來答謝我啊？」

「我……我……」釉釉不只是害怕，更是詞窮。她完全不知道老婦人爲什麼對自己感興趣，連她可能想要什麼東西，釉釉也完全沒個底。

「那……妳想要什麼？」

「呵呵……」老婦人幽幽地笑了，缺了牙的黑色嘴巴一開一合。「那就給我，妳的……一個夢吧！」

「什麼？」釉釉莫名其妙，眼神繼續慌張地掃視著周遭，想趕快脫身。

有了，對街就有一間超商……她只要跑到那裡求救的話……

此時，老婦人又逕自開口，打斷了釉釉的思緒。

「妳的狗沒事，晚點妳就能找到牠了。」

釉釉臉上掛起驚喜但仍有些防備的天真神情，緩緩地退到路旁。

老婦人就這麼帶著一群狗兒，穿過馬路，回到公園的小棚子旁。似乎感知到什麼，狗兒們忽然躁動起來，但仍維持著隊形，在老婦人的棚外等待。

「不知道牠們在等什麼？」釉釉心亂如麻，只好趕快離開這片不舒服的街區。一回到熟悉的巷弄，有個毛茸茸的身影，映入她的眼簾。

「哇！」釉釉差點踩到對方，嚇得跳開。「唉……」原來，又是一隻被毒死的狗兒。這次是隻大型犬，似乎混到了哈士奇與台灣土狗，臉部輪廓分明，模樣俊俏，但死狀卻非常悽慘。釉釉望著牠脖子上的項圈，替狗兒默哀。

離開這個街角，看到下個景象時，釉釉沉重的心情頓時放鬆了。

「斑斑！」釉釉眼底映入了一個最熟悉不過的溫暖身影。

斑斑咧著嘴巴，弓著身體飛馳著，用力奔進釉釉的懷中。

「斑斑……太好了，你沒事！」釉釉再三地撫摸著斑斑。牠彷彿剛結束與死神的賽跑似的，眼神有些恐慌，卻也充滿依戀，用鼻子磨蹭著釉釉的胸口。

「沒事了，斑斑！沒事了！」看到斑斑如此充滿活力的模樣，釉釉知道牠肯定連一口毒物都沒有吃到。

「雖是如此，但最好帶你看個醫生比較保險！反正我下午才要去上課，可以慢慢來！」釉釉緊緊摟著斑斑，從書包裡拿出牽繩，繫上牠的項圈。她實在很討厭斑斑如此來去自如，因爲她會掌握不住牠的行蹤。

常有人說，上了牽繩的狗兒很可憐，但釉釉卻認爲，主人與狗之間的牽繩，是對雙方最好也最方便的保護。對於某些膽小或者需要保持距離的狗兒，牽繩還能有效地給予尊重。

牽著斑斑，既不用擔心牠亂聞、亂闖，或者迷路，更不用害怕斑斑被車子給撞到，或驚嚇到其他怕狗的路人。

對釉釉來說，沒有什麼比牽著斑斑一起走過街頭，更讓人放鬆安心了！

陽光灑在親切的街區，釉釉牽著斑斑，輕盈地往李醫生的獸醫診所走去。斑斑的尾巴上揚，看起來心情也好極了。

三、怪夢一場

「哦！那是犬婆婆！」聽了釉釉的描述後，李醫生用一貫冷靜的表情回答道。

「犬婆婆？」

「是呀！沒人知道她真正的職業，我想大概也沒有職業吧……不過，倒是很好奇她哪來這麼多錢，供這麼多隻狗吃飯及就醫。」

「她還會送狗看醫生啊？」吃驚的釉釉對於犬婆婆的事情既害怕又好奇，雙眸漾動著好奇的神采。

「會啊！她常收留一些重症或殘缺的狗，因此醫藥費每月都要上萬呢！」李醫生簡潔地作結論，輕輕將斑斑從診療台上抱下。

「好了，妳的斑斑檢查完畢，沒有什麼問題，心跳也很穩定喔！依照慣例，沒開藥，就不收費。」終於能擺脫被醫生觸診的不自在，斑斑樂得搖了搖尾巴。

「謝謝李醫生！」釉釉道謝，牽起斑斑的繩子，準備離開。

「只是……」李醫生語重心長的說：「勸妳若真要養狗，還是要適當限制狗的活動範圍與方式，這種把狗丟在外頭的行為，叫做『放養』，其實很難避免牠們不被車子撞到和誤食毒藥。萬一有人喜歡虐狗，那更是毫無辦法去防止妳心愛的寵物陷入危險。」

李醫生每每遇到自己看不慣的事情，總是實話實說。這點讓釉釉倍感壓力，卻也開始懷念起自己的獸醫爸爸，他也是名個性耿直的好醫生。

「知道了，李醫生，我會想辦法，讓家人接納斑斑。不過，斑斑似乎也不喜歡待在室內呢！」

「等牠習慣了室內能遮風避雨的生活，就會知道妳的苦心了。」李醫生彎腰摸摸斑斑，斑斑則是又緊繃了起來，平垂著尾巴。

「這隻狗很聰明，很有戒心，也知道我們在討論牠。」一向嚴肅的李醫生也露出微笑。「放心吧！牠會是一隻很適合養在家裡的居家陪伴犬喔！」

「謝謝醫生！」聽到李醫生的誇讚，釉釉如打了強心針般，她決定今晚再跟媽媽、姊姊好好溝通一次，把斑斑養在家裡。

但前提是，爸爸的事情得有進展啊……

「一想到爸爸，心情就沉重了起來……」趁著姊姊去學校，釉釉先將斑斑簡單地用溼紙巾擦洗一番，再領牠進客廳。斑斑吃羊肉罐頭，釉釉則吃超商的義大利麵，兩人一起在客廳用過午餐。

「斑斑，你剛剛也已經在外頭尿尿了，我等等就要去上學，傍晚就會回來囉！你要乖乖待在家裡睡覺喔！食物和水都在角落的盆子裡，不用客氣喔！」臨走前，釉釉摸著斑斑的頭叮嚀道。

斑斑有些爲難地皺了皺眉，大概是不願獨自被關在家裡，但牠最後仍搖了搖尾巴，目送釉釉關門離去。

釉釉站在樓梯間聽了聽。

「很好，斑斑沒有亂吠叫，也不嗚嗚哀鳴，應該會乖乖待在家中吧！」

平安到了學校，上完四節課，很快就放學了。釉釉驚喜地望著校門，沒想到，姊姊竟然來接她了。

「妳怎麼會來？偶爾也想盡點姊姊的義務喔？」釉釉故意說道。

「誰想來盡什麼義務啊？媽媽說爸爸已經失蹤了，怕被捲進什麼事件，又怕妳被人綁走，因此奪命連環叩，硬是命令我來載妳啊！」姊姊一臉無奈，估計她爲了來接釉釉，損失與其他大學朋友吃大餐的機會。

「好啦！」釉釉說：「看妳這麼勉爲其難，送我回家之後就趕緊去做自己的事情吧！連家門也不用進了！」

「幹嘛怕我進家門？」姊姊戒心很重。「妳又把斑斑帶到家裡了？」

「呃……」一下子就被猜中，直腸子的釉釉也只能翻白眼。

「那麼髒的流浪狗，妳一直帶回家裡幹嘛啦？」釉釉坐上姊姊的機車後，姊姊如連珠炮般瘋狂數落。

「爸爸的事情讓我很不安，有隻溫馴的公狗在家看門，有什麼不好？」釉釉靈機一動，伶牙俐齒地反問。

「嗯……妳這樣說也是啦！」姊姊是實用主義的信徒，只要事物說起來可派得上用場，她便會失去反駁能力。「好吧！那在爸爸失蹤的這段時間，就先養著牠吧！」

釉釉正想鬆口氣，姊姊又低聲用威嚇的語氣強調：「不過呢！妳得先好好幫斑斑洗個澡喔！萬一牠之後在家裡大小便，或是破壞家具，我絕對會把牠趕出去！」

「哦！」釉釉冷淡地回應，以表達自己的不滿。

「哎唷！好臭，聞到就想吐！」一開門，看見搖尾吐舌的斑斑，姊姊倒退了一步，釉釉則是迫不及待地上前抱住斑斑的脖子。

「趕快幫牠洗澡喔！整個房子都是牠的臭味！」姊姊一面碎碎唸，一面走回房間換洋裝，準備晚上跟同學去逛街。

「來吧！我們去浴室！」釉釉輕輕拉著斑斑的頸圈，引導牠走到浴室。斑斑看起來很緊張，尾巴夾在兩腿之間。說真的，釉釉並不覺得斑斑的味道有姊姊說的那麼重，然而，在外頭流浪、歷經風吹雨打，只能撿垃圾吃、睡在路旁，說斑斑不髒是騙人的。

決定讓斑斑留在家中後，釉釉也感受到所謂的「責任感」，看來很多事，不去做是不行的了。

「把斑斑洗乾淨，看起來也會比較討喜，希望姊姊和媽媽能趕快接納牠。」釉釉拿起蓮蓬頭轉到溫水，先從尾巴開始淋溼，再將身體分作幾個區塊打溼、抹皂、沖淨。雖然一開始有些手忙腳亂，但釉釉很快地掌握到了訣竅，斑斑也從原本的抗拒轉變爲放鬆。

「哇！」洗乾淨的斑斑看起來心情頗好，甩了釉釉一身溼，嚇得她連連躲避。但當釉釉正愉快地替斑斑擦身體時，一通電話又打壞了她的心情。

「孩子們……」釉釉的媽媽在電話那頭哭訴。「我去提交了妳們爸爸的失蹤搜查申請，結果聽員警說漁港附近前幾天有具無名男屍，我明天得跑一趟去指認……希望，希望那屍體不是妳們的爸爸……」

突如其來的消息，讓釉釉和姊姊都六神無主，心境複雜萬分。

「一定不是爸爸啦！」姊姊激動地對著電話反駁。「爸爸沒事跑去漁港幹嘛？」

「是呀！爸爸總是隨身攜帶皮夾、手機，萬一真的怎麼了，身分第一時間就會被發現了。」釉釉冷靜地分析著，但媽媽已經因爲連日來的壓力而歇斯底里，完全不領情。

「嗚嗚嗚嗚……萬一妳爸爸遇上搶劫殺人事件，那歹徒丟掉他的皮夾、手機也不奇怪啊！」媽媽在電話那頭崩潰地哭了起來。「我突然有種不好的預感，萬一明天……看屍體……真的是妳們爸爸，我不知道該怎麼辦才好！」

聽到一向優雅的媽媽哭成這樣，姊姊也早已掉下眼淚，恐慌的情緒就這樣蔓延開來，釉釉也忽然覺得心好慌、好亂。

這天晚上，釉釉失眠了好久，雖然斑斑就窩在她床邊，給她十足的安全感。但一想到自己的爸爸生死未卜，她實在心亂如麻。萬一明天媽媽指認的屍體，真的是爸爸，那到底該怎麼辦？

「爸爸……你到底去哪裡了？」釉釉忘記自己流了多少眼淚，直到天色剛亮，才終於迷迷糊糊地墜入夢鄉。

這並不是個太愉快的夢。釉釉夢到自己成了一隻小狗，回到爸爸開業的診所。上次她到這裡時，爸爸正好在忙著看診，卻仍爽朗溫柔地喚著她的名字。

「釉釉，來啦?等爸爸一下喔！」

「嗯！爸爸你慢慢來！」釉釉還記得自己透過診間的落地窗玻璃，滿足地望著爸爸工作的帥氣身影。爸爸輕柔地替小狗檢查身體，嘴邊總是掛著微笑，親切地出聲安撫。爸爸黑框眼鏡的背後，有著彷彿能看透動物靈魂的眼眸。雖然經常頂著一頭亂髮，但那是因爲，爸爸每早幾乎都是被診所內的動物急救專線給喚醒的。

記得上次拜訪診所時，飼主們也對爸爸讚譽有加，放心地將自家狗兒給爸爸看診。「哇！好勇敢……不痛喔！這個不會痛喔！來，好棒啊！」轉眼間，爸爸就俐落地替狗狗量好了體溫、打好了疫苗，還順便替狗狗清了耳朵、修了指甲，飼主在一旁露出安心的微笑。

飼主們通常都說爸爸的手好神奇，一摸上去，動物就不叫不跳，即使再凶暴的貓狗也一樣，令飼主驚呼連連，直呼他們平常在家可沒這麼乖。

這樣溫柔聰明、充滿愛心的爸爸，真的要消失在這世界上了嗎?

釉釉在睡夢中擦了擦淚水，傷心的她觸碰到窩在腳旁的斑斑，牠的毛輕輕柔柔的。

「如果能讓爸爸回來，要我做什麼都可以……就算變成小狗我也甘願……」

迷迷糊糊地醒來時，釉釉感覺快喘不過氣。

「好奇怪，怎麼一直想咳嗽呢？」釉釉以爲自己做了惡夢，急急忙忙地想醒來，此時她伸手想攀住床邊起身，卻發現自己已經掉到了地板上。

「咦？天啊！我的手！我的手怎麼變成……」釉釉驚駭地發現，自己的手掌竟是毛茸茸又寬厚的狗掌。她低頭一看，背後竟還拖著一條毛毛的金色尾巴！

「不可能！不可能！」釉釉慌亂地轉頭確認自己的位置，她仍身處在最熟悉的房間內。被窩、枕頭、書桌、衣架，所有東西的擺設都跟昨晚一模一樣，怎麼就只有自己變了？

「鏡子呢？」釉釉看見房門口的落地鏡，連忙衝了過去。

這一看，不得了……一頭毛茸茸的奶油金色臘腸狗，在鏡中打量著自己。

釉釉激烈地朝鏡子衝了過去，一頭撞上鏡子，痛得她發出哀號。

「嗚嗚……」原本想發出「哎唷」的聲音，釉釉竟聽見自己傳出小狗的嗚嗚聲。

「嗚嗚嗚嗚！」釉釉想大叫著「怎麼辦？怎麼會這樣？」，卻只能不斷發出狗的嗚咽聲。

「妳沒事吧？」一個低沉有磁性的溫暖聲音，從她背後傳來。是哪個溫柔的人類，注意到她的狀況了？

「斑斑？」回過頭，只有斑斑正關心地注視著自己，還搖了搖尾巴。原本在釉釉眼中只有到膝蓋高的斑斑，此刻卻比她這頭臘腸狗，高出了好幾個頭……

「釉釉。」斑斑喚著她的名字，安撫道。「妳還好吧？」

「什麼『還好』！我都變成一隻狗了！怎麼會還好！」釉釉又急又氣，這才恍然大悟。

「等等，我怎麼聽得懂你說什麼？不，你也聽得懂我說什麼！」

釉釉急得原地轉圈，接著不死心地衝回鏡子前，無論怎麼看，自己就是一條不折不扣的臘腸狗。

這不是夢，她聞得到門外姊姊做的早餐味道，也感受到地板貼著狗掌的冰涼觸感。專心聽的話，她連巷口公車靠站的聲音都聽得見……

她，真的變成一頭狗了！

四、我是妳們的家人

「釉釉！賴床喔？快起來了啦！」門外響起姊姊一向冷淡的叫喚聲，而釉釉急得不曉得該怎麼辦。

「到底爲什麼會變成這樣呢？姊姊看到我一定會很傻眼的！不……搞不好，她根本不會知道我是誰！」

釉釉的預想，已經應驗了。

下一秒，姊姊凶巴巴地打開門，轟的一聲就將門邊的奶油色臘腸狗給震得往後翻去。

「嗚嗚……」釉釉趴在地板上哀號。

「咦？怎麼又多了一隻狗啊！釉釉！」姊姊驚訝地望著在原地打轉吠叫的釉釉。「釉釉？人呢？真是的！該不會是半夜偷跑出去，又撿了一條狗回來吧？爸爸都失蹤了，還整天搞這些事情……」姊姊一面碎碎唸著，一面走到釉釉臥房的廁所裡找人。

「釉釉啊！怎麼不見啦？」姊姊一頭霧水，原本不悅的表情也轉為疑惑。

「姊姊，不是的！妳聽我說！我就是釉釉啊！」奶油色臘腸狗在地板上喊著，卻只能發出吠叫聲。

「真是的！汪汪汪！妳講什麼我聽不懂啦！一大早就叫成這樣！沒教養的野狗！」

姊姊低頭罵著釉釉，憤怒的眼神讓釉釉覺得好無助、好心寒。

「姊姊……妳看著我的眼睛啊！我是釉釉啊！」

「閉嘴啦！還汪！吵死了！欠揍喔？」姊姊繼續罵著，猛然舉起腳作勢要踢過來。

「嗚！」姊姊這一腳，踢到了飛奔過來的斑斑身上，但斑斑似乎不痛不癢，只是警告性地喚了一聲，想阻止姊姊。

「斑斑……」

「別擔心，我有抓好角度，剛剛沒被踢到。」斑斑微笑地回過頭來。「妳姊姊似乎聽不懂妳想表達什麼，我想，妳還是先安靜一點比較好……人類都比較喜歡安靜的狗。」

「好……」釉釉乖乖閉嘴，她知道，自己跟姊姊說得再多，也只能發出汪汪的吠叫聲，惹她生氣而已。

「真是的，先是爸爸失蹤，接著妹妹又失蹤，我們家是受了什麼詛咒啊！」姊姊斜眼看著這兩隻狗兒坐在自己妹妹的房間，只能嘆氣。「去去去，都出去，去客廳等著。」

姊姊用腳輕輕撥著斑斑，又趕著釉釉離開房間。「快出去，我要關房門了。」

釉釉緊挨著斑斑，這時，她才意會到，原來在一起生活了十幾年的家人，竟成了威脅的來源——怒言相對、拳腳相向。不過是從人變成了一條狗，她還是姊姊的家人啊！難道，外表真的這麼重要嗎？

「媽……妳聽我說啦！」姊姊打著手機，嬌聲嬌氣地抱怨。「今天一早起來，釉釉就不見了啦！房間裡還多了一隻她撿回來的狗！我馬上就要去學校跟同學討論報告了，突然多了兩隻狗，妹妹又失蹤，是要我怎麼辦啦！什麼？妳在路上了？哦哦……太好了！」

姊姊的表情少了些陰霾，看來是聽到媽媽要坐高鐵回來，因而鬆了口氣。

「嗯嗯！好，不是爸爸就好！唉！不幸中的大幸！」姊姊掛上電話時，斑斑回過頭，給了釉釉一個安心的淺笑。

「看來，昨晚的屍體不是妳爸爸呢！太好了。」

「嗯……」釉釉雖然開心，卻仍感到有些喪氣與無助。自己的靈魂必須被裝在一條臘腸狗的身體中，真是一件可悲又讓人著急的事……她一定要想辦法，回復原狀才行！

「斑斑，你流浪這麼多年，見多識廣，知道我為什麼會變成這樣嗎？」釉釉問。

斑斑無奈地搖了搖頭。「說真的，一開始發現妳變成了狗，我也嚇傻了，我這一輩子倒是還沒看過這種事。可是……」斑斑搖了搖尾巴。「我相信只要我們去瞭解原因、追查真相，還是有可能將妳恢復成原狀的……」

「嗯……」釉釉非常洩氣，卻也只能接受斑斑的建議。

「先吃飯吧！這邊有妳昨天買的狗食，我們狗兒喜歡活在當下，能吃一餐是一餐，想太多未來的事情，只是徒增困擾而已。吃了飯，才有體力面對未來的挑戰啊！」斑斑用鼻子將狗碗推了過來。

「好腥的味道……」釉釉皺鼻乾嘔，勉強吃了幾顆飼料。

此時，一陣濃郁的法式吐司香氣傳來。釉釉抬頭一看，姊姊正翹著一雙玉腿，在桌邊吃著熱騰騰的早飯。

「嗚嗚……」釉釉朝姊姊跑去，猛搖尾巴。「姊姊，妳有煮我的早餐吧？給我吃一口吧！」

「吵什麼啊！妳想做什麼？」姊姊瞪大眼睛，不敢相信這頭素昧平生的小臘腸狗竟然黏在自己的腿邊，還對自己乞食。「唉！果真是路邊的野狗！煩死了！」她用力地抬腳將釉釉推開。「我沒把妳趕出去就不錯了，還想吃人的食物啊？狗啊！就給我乖乖吃狗食！」

「嗚嗚……」釉釉悲叫著，欲哭無淚。她這才想起，此刻的自己在姊姊眼中，只不過是隻來路不明的狗而已。

斑斑仍文靜地坐在角落中，用鼻子推了推狗碗。

「釉釉，過來吧！狗的飼料都經過嚴格的營養檢查與設計，對狗的生理狀況的確是最合適的，人類的食物對我們來說太油太鹹，妳吃多了會生病的。」

「我不想吃……」釉釉賭氣地躲到角落。

這時，樓梯間傳來熟悉的腳步聲。

「是媽媽！」聞到媽媽特有的淡淡香氣，釉釉興奮地衝到門邊。「媽媽！媽媽！」

「不要吠了啦！神經病！」姊姊用腳將釉釉推開。「借過！我要開門了！」

「奇怪，家裡怎麼有一隻狗……」媽媽驚訝地提著大包小包進來。「哦！兩隻狗……」視線一轉，媽媽也看到了斑斑。

「媽媽……媽媽！」釉釉激動地朝媽媽的小腿又撲又抱，希望她多看自己一眼，進而認出自己。

媽媽對姊姊苦笑道。「哎唷！好吵喔……斑斑我是看過，但怎麼會有這隻臘腸狗？」

「釉釉撿回來的啦！而且，釉釉今天早上也失蹤了，這笨狗又一直叫！我都不曉得該怎麼辦！」

「怎麼會這樣？這一定跟妳爸爸的失蹤有關！」媽媽快急哭了。「我們得去警察局報案！」

「那狗兒怎麼辦？」

「就先送到收容所吧！若是有打身分晶片，收容所就會聯絡失主，要是沒晶片，也只能等人認養囉！不然，也不知道要找誰幫我們收留啊！接下來要找爸爸，還要找釉釉，我們能準時吃飯就不錯了，還要照顧兩隻狗，是不可能的！這樣的話，狗整天被關在家裡，又憋尿又餓肚子，也很可憐啊！」媽媽無奈地搖搖頭。

「不，媽媽！為什麼要把我送去收容所！」釉釉晴天霹靂，哀痛地哭喊道。「我就是釉釉啊！我是妳們的家人啊！」

無視於激動吠叫的臘腸狗，媽媽和姊姊分別靜靜地轉身，一個繼續放行李，一個繼續吃早餐。

「釉釉，我們得逃走了。」斑斑似乎意識到了什麼，低聲地說。

「逃走？為什麼？這裡明明就是我的家啊！我每天都生活在這裡的！」

「他們說要把我們送去收容所。」斑斑深沉地說。「相信我，妳這輩子絕對不會想進到那裡去的……」

對於「收容所」這個概念，釉釉感到一片模糊，只知那裡就是給人領養狗的地方，十二天之後若無人領養，就會被安樂死。不過，狗進到裡頭還是有機會被認養的，難道，真有斑斑說的這麼恐怖嗎？

「不，我要待在家裡，跟媽媽和姊姊一起。」釉釉很堅持。斑斑閉上了嘴，只見牠回去喝了幾口水和吃了幾口飯，戰戰兢兢的模樣，像是在籌備著什麼。

「哇！媽媽，不要這樣抓我！救命啊！」等媽媽和姊姊忙完後，釉釉驚駭地發現，媽媽正把她粗魯地抓入懷中。姊姊也拖著斑斑的項圈，兩人拿著鑰匙準備鎖大門。

「別叫！別叫！不乖！」媽媽輕拍著奶油色臘腸狗的毛。「抱歉啊！現在我們家問題纏身，沒辦法照顧妳啦！既然妳這麼漂亮，又是名種犬，送到收容所的話，一定很快就能被人領養走了。」

「我不要！我不要被領養！媽媽！我是妳的女兒啊！」釉釉猛力地在媽媽懷中掙扎，而媽媽的指甲也因此深深地扎進釉釉的毛皮中，弄得她疼痛不堪。

「釉釉冷靜點，妳越激動，她們就越會想辦法束縛住妳，到時候要逃跑就難了。」

只見斑斑沉默乖巧地跟在姊姊後頭，白毛尾巴還機警地往後平舉。

「我看啊！得拿條繩子把牠綁起來。」媽媽轉頭對姊姊說。「不然等會兒開車，一定會在車裡跳來跳去。」

「不要開車啦！現在尖峰時間鐵定塞車的，我們一人騎一台機車，半小時內就可以搞定了。」

「也對，也對。」媽媽仍緊抓著釉釉，將她放到機車腳踏墊上。「不可以跳車喔！很危險喔！萬一死掉就糟糕了！」

釉釉看見斑斑躊躇地站在大馬路口，等著姊姊牽車的無奈身影，感到很心疼。「斑斑，你先逃走吧！不要管我了，反正媽媽說，我到收容所就會被領養走了！」

「不行！妳不知道收容所是怎樣的地方，我不可能讓妳自己去那裡的！」一向溫和的斑斑，語氣卻突然強硬了起來。牠義無反顧，直接跳上姊姊的機車腳踏墊。

「哈哈，好乖的狗，很天真耶！牠還以爲我要帶牠去玩！」姊姊看到斑斑如此配合，露出得意的笑容。

斑斑沉默地在腳踏墊上站穩，而媽媽與姊姊的機車也緩緩發動了，一前一後地朝車水馬龍的市中心前進。

穿越了市中心，到達海邊的郊區後，才會抵達收容所，大約要騎二十分鐘的車，但也比開車一路塞來得快。

釉釉畏縮地蹲在機車腳踏墊上，想起自己小時候也經常被媽媽這樣騎車載去看山看海、去時髦的百貨公司血拼、去書店閱讀，或去補習學畫。沒想到，此次一起共乘機車，卻是要被載去收容所……

釉釉不經悲從中來，淚眼婆娑，周遭的景物變得越來越模糊，只見一個個建築物與車輛的巨影一一呼嘯而過，讓釉釉既驚慌又恐懼。

變成小狗後，才知道這世界原來這麼巨大、這麼可怕。

「釉釉，看我這邊！」斑斑在隔壁車道喚著釉釉，牠表面上乖乖待在姊姊機車的腳踏墊上，四肢卻緊繃地往下蹲，彷彿蓄勢待發的彈簧般，隨時準備跳車……

「等我一喊，妳就跳車！」

「什麼？」釉釉不敢相信，一向沉穩的斑斑竟鼓勵自己做出這麼危險的行爲。「可是媽媽說，如果我到了收容所，很快就能被人領養走……」

「不！」斑斑露出釉釉從未見過的激動表情。「等到了收容所，一切就太遲了！」

「我……」釉釉欲言又止，她真不知道斑斑為什麼要逼她跳車。

眼看前方就是另一個車水馬龍的路口，斑斑仍舊沉著地蹲在姊姊機車的腳踏墊上。

「聽我說，我們在紅燈亮起，機車全都靜止不動的時候跳車，這樣最安全！妳一定要跟緊我喔！」

釉釉慌得四處張望，突然要她跳車？她一隻短腿小臘腸狗，要怎麼完成這艱鉅的任務呢？再怎麼看，機車的踏板都離地面太高了。

沒有猶豫的時間了！沒多久果真遇上了紅燈，釉釉的心臟緊張到快爆炸，她慌亂地左顧右盼，是要留在媽媽的機車上去收容所，還是要跟著一頭流浪狗闖進未知的未來？

那瞬間，釉釉還真的愣住了。

「現在，跳！」斑斑一喊完就跳下機車，同時間姊姊也慌張地咒罵起來。

「你給我回來！」

斑斑輕盈地竄過紅燈區域靜止不動的機車群，溜到馬路邊，回眸望著釉釉。

「釉釉！過來呀！」斑斑嚷道。

釉釉決定相信斑斑！她縱身一跳，摔向柏油路。一時間，視線放眼所及都是人類的腳跟與車輪，根本看不到斑斑，也看不到人行道的方向。

原來是她的身高不夠……這下怎麼辦？釉釉慌了，在大馬路上橫衝直撞。

「去把牠抓回來！」她聽到媽媽氣急敗壞地對姊姊說。一旁的機車騎士也紛紛緊張地倒抽了口氣。

就在這時，紅燈熄滅，綠燈亮起。機車、計程車、公車、卡車、砂石車、油罐車全都迫不及待地往前衝！

釉釉慌張地在車輪間亂竄，憑著直覺時停時跑。

「叭叭叭叭——」卻忽然迎面響起一陣驚心動魄的喇叭聲，震得她腦袋瞬間空白。

「釉釉！」一個溫熱的鼻息噴在她的頸背上，釉釉抬頭一看，正巧瞥見斑斑叼著她的頸背，躍回人行道。

在釉釉的眼角餘光中，她看見媽媽與姊姊各自怒氣沖沖地將機車騎到路旁，而後頭的車陣，正大批湧向前去。

斑斑叼著她，頭也不回，如弓箭般繼續向人行道的反向前進，轉眼間熟稔地溜進小巷中，繼續奔跑。

「釉釉，會不舒服嗎？」跑得已夠遠了，斑斑輕輕將釉釉放回地面。釉釉雖然感覺一陣頭暈腦脹，但卻也感激萬分。

至少自己仍舊四肢健全，沒變成車輪下的一攤肉泥。

「斑斑……謝謝你……對不起，剛剛還讓你來救我！」

「過去的事就別提了！我們都沒事，這才重要！」斑斑用鼻子頂著釉釉。「走吧！」

「去哪裡？」

「去找你爸爸！」斑斑毫不遲疑地說。

「可是……我爸爸在高雄耶！」

「那我們就去高雄！」斑斑回眸淺笑著，身上的毛髮在風中瀟灑地飄動。

五、流浪的苦與樂

炙熱的午後，柏油路簡直要融化了，沒有汗腺只能靠腳掌散熱的狗兒，當然不可能走在這樣的馬路上。斑斑與釉釉找了個商店，吹著店門口的冷氣休息，四肢貼平在陰涼的磁磚上。

「釉釉，中午是商家剛開業的時間，等一下可能會有人來趕我們，妳小心躲在我的背後，有些人是很粗魯的。」

「好……」聽著斑斑的警告，釉釉不難想像自己會有什麼樣的遭遇。人們踢狗、打狗，甚至虐狗都時有所聞，每當看到新聞時，她都很難相信爲什麼人會選擇傷害一個生命？但回頭想想，生命似乎真的是有區分等級的。就連一個穿著可愛、心地善良的女大學生，在殺蟑螂時，也都不會手軟。即使狗兒是人類最忠實的朋友，但在許多人眼中，牠們也跟蟑螂沒有分別。

釉釉感到很惶恐，但這也是事實。

「哦？好可愛的臘腸狗啊！是走失了嗎？」一間美髮沙龍的店頭，走出兩個穿著時髦的女店員。

「這隻花花的公狗也很威風啊！牠感覺剛洗過澡耶！」女店員伸手摸了摸斑斑，斑斑搖了搖尾巴紳士地回應。

「外面這麼熱，你們要不要喝水啊？」另一個女店員親切地詢問。釉釉一聽，立刻猛搖尾巴，伸手搭向女店員的小腿。

「唉呀！我的褲子有狗腳印啦！哈哈，妳不要這樣嘛！」女店員雖然有些嫌棄，卻也溫柔地摸摸釉釉的頭。

「釉釉，很多人類不喜歡狗突然站起來，用前腳搭他們，妳只要搖搖尾巴笑一笑，就很足夠了。」斑斑柔聲叮嚀道。

釉釉立刻照斑斑說的做。

「來，喝水喔！你們兩個共用一個碗，可以吧？」另一位女店員已經用紙碗端了滿滿的涼水出來，在這個大熱天的正午時刻，真有久旱逢甘霖的喜悅。

「釉釉，妳先喝，慢點喝喔！別潑得到處都是！」

「好！」釉釉咕嚕咕嚕地喝了幾小口，優雅的喝相讓女店員們頻頻出聲稱讚。

「好乖、好可愛的狗，毛色還是漂亮的奶油金色耶！」

「這狗絕對是有人養的吧？應該是走失了！」

釉釉聽爸爸提過，遇到疑似走失的狗時，最棒的作法就是先上牽繩，限制並保護狗兒的安全，以免牠們亂晃被車子撞到；接下來，可以帶牠們到鄰近的動物醫院掃描狗是否有植入身分晶片。若掃得到晶片，拾獲者就能透過電腦連線讀取到晶片上的飼主資料，將狗兒送回。

不過，釉釉身上沒有晶片。若是好心人願意出錢讓他們寄宿在動物醫院，幫他們找新主人，那也是不錯的做法。

「斑斑，我看我們喝完水就走吧！畢竟，我還要找爸爸，並且調查我為什麼會變成狗的事……」釉釉低聲和斑斑討論道。

「對啊！我們一直賴在人家店門口，也會影響到他們做生意，還是趁早離開吧！」

於是，兩隻狗親切地和女店員磨蹭玩耍一番後，便趁她們掃地擦玻璃時，靜悄悄地離去了。

「想要去高雄的話，得先找那種跑長途的通風大卡車！載雞鴨的車通常是最好選擇。」斑斑邊走邊分析道。

「斑斑，你真的知道好多事情喔！」釉釉不禁用崇拜的眼神望著斑斑。之前帶去給李醫生檢查時，他說斑斑至少有五六歲，換算成人類年紀大約四十歲。看來斑斑人生中的每一年，都長了不少經驗。

「沒有啦！我打從娘胎就是隻流浪狗，兄弟姊妹不是病死就是被車子撞死了，也有一隻是被附近的商家活活打死的……就剩我和媽媽相依為命。我媽媽是很聰明的狗，總是教我去學校附近找食物，說小朋友或者年輕人都比較有愛心，而且學校附近的人總是很多，別人要虐打我們也不好下手。總之，人煙稀少的地方不要去，那裡既沒有食物，還可能會

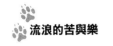

被欺負，且沒有人可出手相救……」斑斑謙虛的語調中，藏有許多瑰寶般的歷練，而牠的一雙眼睛雖然歷經風霜，卻也閃亮著堅強的鬥志與智慧。

依照斑斑的建議，兩隻狗兒決定到附近的大學小吃街走走，看能否填飽肚子。

「這裡比較安全，妳走我前面。妳的長相比較討喜，人們一看到妳就會放鬆戒心，我就沾妳的光，在一旁等等看有沒有食物。現在快到晚餐時間了，人會很多，我們站旁邊點，別被踢到。」

「哦哦！好！」釉釉聽完斑斑全盤的計畫，感到非常安心，同時也激起了鬥志。

「如果今晚要搭車去高雄，勢必有五六個小時的車程不能吃、不能喝，那絕對要先填飽肚子再說。」

「來，前面有一批剛下課的女大生，正坐下來在路邊攤上點餐！妳走前面，搖搖尾巴笑一笑。」斑斑用鼻子拱了拱釉釉，她立刻興高采烈地迎了上去。

「哇哇！好可愛喔！」女孩們嬌聲稱讚道，有些女孩立刻伸手作勢要擁抱釉釉，招呼她上前，釉釉也猛搖尾巴回應。

「我可以給牠吃一根薯條嗎？」有女孩已經拿起食物想餵釉釉。

「狗不能吃薯條喔！」其中一個較爲精明的女孩立刻阻止。「狗只能吃去油去鹽的飼料，亂餵對牠們的健康很不好！」

釉釉一聽，感到很無奈。此刻的她是在流浪中，哪在乎什麼健康不健康呢？不能塡飽肚子，可是會餓死的啊！

「汪汪！」釉釉急得發出吠叫。

「哎唷！好吵，給牠吃啦！牠想吃啦！一兩根薯條應該沒關係！」

釉釉咬到薯條之後，第一件事便是轉身叼給斑斑吃。

「哇！妳們看！牠還會照顧牠朋友耶！」女孩們因爲釉釉的舉動驚呼不已，又接連餵了幾根薯條給釉釉和斑斑，有個女孩甚至撕下一小塊漢堡肉片，作勢要餵給釉釉。

「這個妳自己吃吧！妳需要保存點體力！」斑斑淺笑地把釉釉往前推。

兩隻狗兒雖然沒完全吃飽，卻也多少塡了點肚子，搖搖尾巴開心地往下一間店走去。

釉釉掌握到了訣竅，這次挑上一對情侶。女孩似乎有些怕狗，但男生爲了要替自己營造良好形象，特意展現友善的一面，還給他們吃了幾條吐司邊。

在學區附近的小吃街飽餐一頓後，兩人到公園附近「解放」尿意，好好上了個廁所。

釉釉總算感受到一陣前所未有的輕鬆感。

還好，現在是夏天，不需要被無所遁形的刺骨寒風給折磨，也不用到處找溫暖的地方休息。相反地，斑斑三不五時就帶釉釉到陰涼的地方休息乘涼，總算捱到了傍晚。兩人往郊區的養雞場接近，等著人們載雞發車南下。

「這樣就有機會去高雄了，雖然未必能直接抵達，但至少能更接近妳爸爸失蹤的地方……」斑斑睿智的眉宇間，流露出讓人安心的神情。

釉釉歡喜地點了點頭。只是，她沒想到尚未靠近養雞場，就迎風聞到撲鼻的雞糞味。

「好噁心……」釉釉又咳又吐，壓倒性的恐怖氣味仍將她籠罩住。

「妳等一下就會習慣了。」斑斑無奈地說。「等一下，我們還得跟這些雞擠在一起好幾個小時，搭車南下喔！」

釉釉聽了，瞬間眼前一黑。以往出遊時，她不但不用走太多路，還能坐在充滿冷氣的舒適汽車中，哪需要跟一群臭氣沖天又吵鬧的雞擠在一起？

正當釉釉感到灰心時，遠處的雞糞味中，也傳來一陣若有似無的清淡騷味……

「嗯？」釉釉正想發問氣味的主人是誰，斑斑已緊繃地豎起背部的粗硬毛髮，低吼了幾聲。

「釉釉，小心，有不速之客要來了！」

釉釉還在努力分辨她聞到的氣味，斑斑卻已呈現備戰狀態，霎時間，三隻巨大的黑狗跳進他們的視線中，連吠都不吠一聲便直接咬向斑斑的喉嚨。

「啊嗚嗚嗚！」斑斑被黑狗制伏在地，喉嚨的毛皮都被扯了下來，瞬間發出哀號。

釉釉則被倒下的斑斑壓倒，眼前驚駭的景象讓她不知該做何反應。三隻黑狗又追又咬，根本毫無警告之意，而是合力想將斑斑撕成肉片！

「牠們可能會殺了斑斑！」釉釉腦中竄過這個念頭，腎上腺素讓她毫不多想地跳了起來，小腳掌使力地踹向黑狗的鼻頭。

「嗚嗚！」黑狗立刻鬆開斑斑。

斑斑竄回釉釉身邊，喉間已滲出鮮血。

「皮肉傷而已，沒咬到氣管，別擔心！」斑斑邊咳邊說，叼起釉釉拔腿就跑。

「牠們到底要做什麼！」釉釉慌張地問。

黑狗們如訓練有素的戰鬥小組，一隻還繞到前頭，想包抄斑斑。斑斑輕易地匍匐到草叢中，用腳掌輕輕將釉釉拉近自己懷裡。

「噓！呼吸聲放小……牠們很快就會追過頭，看不到我們了。」

一頭黑狗匆匆跑過草叢，另一隻黑狗則停在附近四處張望，隨後也跑開了。

只剩下另一頭原本預計包抄斑斑的黑狗，戒心較重，就是不肯走遠。

遠處，傳來一陣陣的貨車引擎發動聲。有兩個工人正將一籠籠的雞運上車，斑斑用鼻子頂著釉釉。

「妳先慢慢走到那台車上，這裡芒草茂密，妳恰巧又是身材低矮的臘腸狗，黑狗不容易看到妳。」

「可是……」

「不要怕，妳可以的！」斑斑堅定地說，用腳掌勾起釉釉的肚子，將她往前推。

「唉！再不快點，真的會錯過……」釉釉咬緊牙關，頭部緊貼著草根，努力往前進。她隱約還聞得到黑狗們身上的騷味，牠們應該也聞得到自己的氣味吧？光想到這裡，釉釉就頭皮發麻。

「嗷嗚——」後方忽然傳來斑斑的長音尖叫，釉釉從沒聽過斑斑用如此囂張的語調這麼叫過，牠一定是想吸引黑狗的注意，製造空檔讓釉釉上車。

「嗚嗚——嗚嗚——」三隻黑狗從不同方向包抄，直往斑斑衝去。

「斑斑！」釉釉雖然擔心斑斑，卻也只能含淚狂奔。

好不容易趕到車邊時，釉釉快速跳上貨車後方的卸貨板。

「汪汪！」釉釉故意發出叫聲，要黑狗過來。

他們運用智慧互相為對方製造空檔，也創造了脫逃的機會。斑斑巧妙逃脫了黑狗的包抄，直接竄上已經發動的貨車。

黑狗正好趕上時，車子剛巧開動，雙方僅差一步的距離！斑斑連忙咬住卸貨板的鐵鍊往後退，使勁將板子拉上。

這一拉，正巧將想要跳上車的黑狗給擋住！

千鈞一髮，他們總算成功搭上便車。

遠方交流道傳來如星火般的車陣燈光，似乎在召喚著他們。釉釉心有餘悸地舔著斑斑脖子上的傷口，依偎在角落。對她來說，瀰漫在整個貨艙的雞屎臭味，已經無關緊要了。

「斑斑……黑狗們到底為什麼忽然攻擊我們呢？」

斑斑解釋道。「牠們大概是附近的流浪狗吧！流浪狗大多是具有戰鬥特質與地域觀念的狗，光是我們隨意侵入牠們的地盤這點，就足以成為牠們殺傷我們的理由了，何況牠們人多勢眾、力大無窮，把我們當成獵物或者玩具，也不意外。」

「唉……」釉釉心有餘悸地望著黑夜的另一端，她彷彿仍嗅得到對方不懷好意的氣息。雖然他們乘坐的車子漸漸遠離，恐懼感卻無法輕易消散。

釉釉緊緊依偎在斑斑身邊。天色亮起時，釉釉瞄了一眼高架橋上的南下指標，終於閉起眼睛。

六、啟程南下

躺在顛簸又充滿雞屎味的車上，釉釉半睡半醒，狹小的空間與凌晨的冷空氣也讓她很不舒服，所幸天氣還算穩定，無風也無雨，小貨車一路行駛到南部。

一想到自己離失蹤的爸爸越來越近，釉釉不禁感到開心。但她也開始擔心，爸爸既然失蹤了，又如何能確定他仍待在高雄呢？

「好想念媽媽和姊姊、好想洗澡、好想躺在自己的床上休息……」釉釉只敢在心底默默想著。因爲她知道，若是自己隨口抱怨，一定會帶給斑斑困擾。

此時的斑斑，正低著頭、垂著尾巴趴在三個雞籠的中間休息，鼻子就抵在雞籠底部，看起來毫不在乎雞屎味。

不，不能說是不在乎，應該是試著「不去在乎」而已。釉釉打從心底敬佩斑斑，牠平常過著這種不洗澡、不能躺在床上，又與家人分離的生活，竟然還能忍耐這麼久……

大概是感受到了釉釉的視線，斑斑緩緩地抬起頭，對她露出淺笑。

「早安，釉釉。」

「早安……」

「妳不舒服啊？」斑斑關心地緩緩起身，伸了個懶腰。「如果想要喝水進食，我們等車子駛到大城市後，再偷偷溜下車吧！」

「沒有啦……我只是很不習慣而已。」釉釉忍耐著，不想抱怨。回想起昨天一整天的經驗，光是能活著，她就該謝天謝地了。

「不用跟我客氣喔！」斑斑微笑地用鼻子頂著釉釉。「先前我到處流浪，真的不敢相信竟然有人願意每天接近我、幫我洗澡，甚至每天都能在固定的時間喝到水、吃到食物，還好有妳，我才能活下來。」

「但是……」釉釉已經鼻酸哽咽。「我卻把你捲進一個我自己也不知道怎麼辦的事件裡……我突然變成狗，又不曉得怎麼變回去，真的很抱歉……」

「別擔心，我們一定會把事情變回原樣的。」斑斑篤定地說。曾經在人前畏畏縮縮的流浪狗斑斑，如今卻用如此充滿男子氣概的語調對自己說出這句話，讓釉釉很感動。

「嗯……」她舉起前腳擦著眼淚。「謝謝你，斑斑……」

「我想，也許你爸爸失蹤，是被牽扯進什麼事件了，而妳之所以中了這種魔法，也跟他有關……回想起來，妳前幾天是否有遇到什麼奇怪的事情呢？」

在斑斑溫柔的引導下，釉釉低著頭想了想。「沒有啊……我前幾天聽說爸爸失蹤之後，心情很亂，後來又看到幾隻狗中毒死亡，急著找你……哦！對了，我遇到一個很詭異的老婆婆……」

釉釉連忙將先前遇到的事情都說出來。斑斑聽了，豎起耳朵。

「那是犬婆婆！她有對妳說過什麼嗎？」

「嗯……」釉釉一時間實在難以回憶，不僅是因爲現在有些暈車，而是因爲這兩天先是爸爸失蹤、自己又變成狗、遭到親生母親棄養、又被迫逃亡，這些事情，跟犬婆婆說過什麼相比，實在重要太多了……

「任何話都可以，她到底對妳說過什麼？還是，妳對她說了什麼？」

「嗯……」釉釉搗著頭，忍住暈車嘔吐的衝動，努力回憶。「我應該有問她是不是能幫我找到你，因為那時看到狗被毒死，她對狗又很有一套的樣子……所以我想乾脆問她，有沒有看到你……」

「謝謝妳，這麼地擔心我……」斑斑眼神充滿清澈的感激神采。

「接下來，犬婆婆似乎說了一些奇怪的話。」釉釉搔搔頭。「她問……『若我告訴妳斑斑的去向，妳要拿什麼來答謝我啊？』我聽得一頭霧水，只反射性地問她想要什麼？」

斑斑專注地點頭聆聽著。

「犬婆婆卻回答……『給我妳的一個夢』。」釉釉拍著自己的頭，皺眉嘆氣。「唉呀！我自己都越想越迷糊了！」

斑斑則是目瞪口呆，努力想理解犬婆婆的意思。「我記得……聽過附近的狗兒說過犬婆婆的一些傳聞。」斑斑回憶道。「聽說她因為餵養太多的流浪狗，因此常被居民討厭，房東還把租給她的房子收走了，她就乾脆在附近的公園搭木板紮營，家當全像垃圾一樣散落，堆在住處。反正有一票狗兒會替她看守，自然也就這樣安全地住下去了。」

「嗯！我記得犬婆婆的家，那真是個讓人不太愉快的地方。」回想起犬婆婆居住的簡陋髒亂環境，釉釉又彷彿感受到當時爬上胸口的那陣灰濛濛的壓力。

「不過，我也聽說，曾經有人看不下去犬婆婆用一大票狗佔據了公園，直接從她的背後潑油漆，後來，那個人全家都被火燒光了……」

「天啊！也太可怕了！」釉釉十分震驚。

「反之，在對街有位愛心媽媽長期捐贈狗飼料給犬婆婆，不久後，愛心媽媽就中了樂透，小孩在學校的成績也扶搖直上，本來是後段班的孩子，現在考上第一志願都不成問題了……從那次後，我總感覺犬婆婆身上有什麼特殊的能力，她似乎很喜歡與別人做交易，或建立對等的關係。」

「意思是說，對方對犬婆婆的態度，會回報在他們自己身上？」釉釉真覺得越聽越玄了！

斑斑慎重的模樣，實在不像是道聽塗說。「不過，我總覺得犬婆婆給我一種難以喘氣的感覺，因此總是避而遠之。她彷彿對於人跟狗之間的許多事情看得很透澈，也似乎有能力去做出一些出人意料的行爲，是個很可怕的人呢！」斑斑緩了口氣，凝重地繼續說：「她說，要妳給她『一個夢』，難道妳之後，真的有做什麼特別的夢嗎？」

「有！就是那晚，我夢到了爸爸，聯想到他失蹤的事……」釉釉感到不可思議。

「看來，她先前的確就知道妳爸爸的事情了！」斑斑一說，釉釉也覺得這個邏輯頗爲正確。

「那這就說得通了。」釉釉捧著胸口，心虛地說。「也許，我無意間在夢中說過……『只要爸爸能回來，即使我變成小狗也沒關係。』……」

「這樣，似乎就達成犬婆婆魔法所需要的交換契約了。要換到妳想要的東西，需要透過夢境來與犬婆婆溝通、許願，大概就是這意思吧！」斑斑舉起雙掌，象徵著天秤的兩端。

「這等於是犬婆婆與妳做了承諾，當找回妳的爸爸時，妳的狗身也會恢復爲人身。」

斑斑恍然大悟地做結論道。「因此，我們必須更快找到妳爸爸才行！搞不好，妳身爲狗的身分，在尋找妳爸爸的過程中，能更有效用也不一定……」

「是嗎……」釉釉對於這一切只覺得光怪陸離，小小的腦袋差點就要無法承受。她跑到貨車尾端的固定板後方，低頭就是一陣嘔吐。

「嗯……好難受。唉！也只好相信這一連串的事情，是以這樣的邏輯發生的……要是我連信念都沒有，別說找爸爸了，很可能會因意志消沉而死的……」

當魚肚白的黎明劃過天邊的遠山時，釉釉很明顯地看到了「彰化」的南下指標。就快到了。

離爸爸出事的高雄，越來越近了。她一定要撐下去，一定要撐下去啊！

※※

躺在載滿雞隻的車上，釉釉做了一個夢。夢中，小釉釉望著風塵僕僕趕回家沖澡的獸醫爸爸，擔憂地問。「爸爸……你怎麼哭了？」

雖然剛換上一身乾淨的服裝，但爸爸的表情仍舊緊繃著。

「因為……爸爸今天又沒能救回一條小生命。牠抽血的種種數值都顯示，開了刀容易在麻醉中死去。但不緊急開刀又不行……爸爸只好跟死神賭上一把，但……我輸了，雖然爸爸將牠蓄膿的子宮摘除，也縫合回去了，不過，牠終究沒能醒來……」說起診所中逝去的「小患者」，爸爸眼眶又紅了。

「爸爸，很噁心耶！每次都要描述手術的過程……」一旁的姊姊搖了搖頭。

「是呀！你怎麼老是把工作不愉快的事情描述給孩子聽呢？」媽媽也苦笑著，拍了拍爸爸的肩膀。「我知道你壓力大，但也不用跟孩子說得這麼詳細吧！」

「唉！抱歉，是我不該將公事帶回家。」爸爸臉上的陰霾，似乎更強烈了。他用雙手埋住臉，重重地嘆息。

此時，只見綁著雙馬尾的釉釉，瞪大一雙清亮溫柔的眼睛。

「爸爸，相信那隻離開的小母狗，透過爸爸的手術拿掉了讓自己難受的壞東西……牠已經沒病沒痛的到天國去了。牠一定會感謝爸爸盡力幫牠的。」

早熟的釉釉，說出的一字一句也讓媽媽姊姊驚訝不已。能有這些想法，並非釉釉特別聰明伶俐，而是因爲她天生就有顆溫暖且豁達的心，她總是認真的去瞭解爸爸的想法，才能說出如此安撫人心的話。

爸爸將釉釉摟進懷中，眼眶泛出淺淺的淚水。「唉！爸爸聽了釉釉的話，心情好了許多，謝謝妳。還好，我還有個這麼乖巧的女兒。」

因爲生命逝去而心傷，脆弱得像個孩子的爸爸，有時給釉釉一種「大哥哥」的感覺，因此她從不覺得自己的爸爸，像同學的爸爸們那麼嚴厲。

只是，爸爸應同事之邀而選擇去南台灣開業後，父女也難免聚少離多。釉釉想不起來，上一次面對面好好聽爸爸說話、跟爸爸擁抱，是什麼時候了？

「釉釉，醒醒，我們到囉！」釉釉醒時，發現自己的前爪正緊緊抱住斑斑，而斑斑爲了怕她滑到雞籠旁撞傷，也慈愛地回摟著釉釉。

「看來，妳剛剛做了一個好夢喔！」斑斑溫馨地說。「這是妳變成狗兒後，我第一次看妳在睡夢中笑得這麼開心呢！」

「因爲我夢到爸爸了，感覺他離我很近！」釉釉咧嘴吐氣，繼續保持著臉上的微笑。

天色已經完全亮了，晴朗的藍色天空籠罩在他們上頭，而周遭的風景也已然改變。原本盡是一望無際的景色，逐漸已變爲民宅、大馬路與商家。看來，車子經過這片市區後，就要停車「卸貨」，將雞隻們搬運下車了。

也該是釉釉與斑斑先走一步的時候啦！

趁車子停在早晨的十字路口等紅燈之際，一花一金的大小身影，輕盈地越過貨車隔板，往未知的道路走去。

七、情報蒐集

憋了一整晚的尿，斑斑與釉釉先在草叢「解放」了一下，稍後便伸長脖子打量這個車水馬龍的路口。

先跑到東邊又衝向西邊，左看右瞧，斑斑與釉釉只看到幾個陌生的路名，狗的世界沒有智慧型手機可以查地圖，一切都只能靠自己。

「我只知道爸爸開業的動物醫院在八德路，卻不知道往哪走才能到八德路……」釉釉嘆息道。

「別擔心，就算我們不知道，其他狗一定會知道的。」斑斑盤算了一下。「我們得先找那種常常出門的家犬詢問。他們通常很好命，常常隨著主人騎車或開車到處去玩，對於不知曉人類世界的流浪狗而言，家犬對於道路的名字與走法總是比較有印象。」

「原來是這樣啊……」釉釉靈機一動。「要找家犬的話，我們就先去公園找找看，那裡比較多人遛狗吧！」

「好主意！」斑斑與釉釉立刻朝附近的一處綠地前進。

無奈他們已經餓得前胸貼後背，釉釉連聞到路旁垃圾桶的味道都感到飢腸轆轆。她不知道生理的反應竟然會讓人如此坐立難安。

「吃吧！沒關係！我先找找是否有剛剛丟下、尚未腐敗的食物。」斑斑身高較高，一下子就站了起來，熟練地將頭探進垃圾桶。

釉釉看見斑斑這模樣，既佩服又心疼。原來斑斑在遇見她前，都是靠這樣維生的……即使飢腸轆轆、體力不濟，也得走過一里又一里的道路，努力找些垃圾來吃。就算已經快餓得走不動了，若不繼續走下去，就連生存的希望都沒有。這就是流浪狗的生存方式。

「哦哦！我聞到早餐的味道！有人將沒吃完的蛋餅包在餐盒裡……看樣子還很新鮮！」斑斑努力地將頭往垃圾桶底部探，細長的後腳努力保持著平衡。

釉釉聽到斑斑興奮的語調，也雀躍地將全身注意力擺在牠身上。

直到一個人影快速地衝了過來。

「嗚嗚！」斑斑猛然哀號一聲，和垃圾桶一起摔到地上。緊接著，斑斑的腦門上又挨了一腳。

「臭野狗！我才剛剛打掃乾淨！你們又來亂翻！」一個穿著清潔制服的老阿婆怒氣沖沖地罵道，作勢又要踢斑斑。

垃圾撒了一地，斑斑沒有反抗，而是忍著痛楚，繼續不死心地叼住其中一個餐盒。

「你還不放棄啊！臭狗！臭狗！看老娘不打死你才怪！」阿婆舉起沉重的竹掃帚，用力打向斑斑的脊椎。

斑斑怒吼了一聲，卻馬上提醒自己收起利齒。

「可惡！妳不要欺負斑斑！」釉釉朝阿婆狂吠。

「哦？不自量力的小鬼！怎麼樣！咬我啊！咬我啊！」阿婆朝釉釉挑釁道，在她的眼中，眼前不過是隻高聲吠叫的小臘腸狗，根本一點威脅性也沒有，反倒是釉釉尖銳的吠聲，惹火了阿婆。

「汪汪汪汪！」釉釉朝著高舉的竹掃帚猛吠，此時後方突然有個力量將她叼了起來。

「斑斑！不要阻止我！」

「快逃！釉釉，我們打不贏人類的！要是她被我們激怒了，通報捕狗隊，附近無辜的流浪狗，會遭殃的！」

「可是，明明就是阿婆她不對！哪有突然打人的！」

「是我們不對，千錯萬錯就是我們不對……我們為了找食物把垃圾翻亂，清潔阿婆當然會生氣……」斑斑無奈的語氣，讓釉釉心疼又無助地掉下淚來。

兩人無奈地逃向公園另一角，躲進草叢裡。

此時，斑斑將藏在嘴內的蛋餅皮吐了出來。「來，這是我剛剛從餐盒中找到的一點食物，不嫌棄的話，妳先吃吧！」

「斑斑……」釉釉哭得哽咽，搖搖頭。「這是你自己爭取到的食物，你自己先吃吧！」

「不，我還可以忍耐。」斑斑露出堅定的微笑安撫她。「妳的品種是室內的寵物犬，再不吃點東西，身體很快就會抗議的，爲了早日找到妳爸爸，快吃吧！」

釉釉邊流淚，邊將斑斑用生命換來的食物，珍惜地吃光。

就在兩隻狗兒遠離了掃地阿婆的攻擊，稍做喘息之際，公園另一端走來了兩隻家犬。牠們被主人用高級的伸縮牽繩拉著，主人一面在長椅坐下，一面玩著手機，兩隻狗兒則拖著長長的牽繩四處嗅聞、打鬧。

「哇！牠們是跟妳同品種的臘腸狗呢！先過去打招呼，看看牠們的友善程度怎麼樣。」斑斑眼神閃過一道振奮的光彩。

「好！」釉釉緊張地反問。「那斑斑……你不過來嗎？」

「我看起來髒兮兮的，體型又比較大，怕牠們的主人不願意讓我接近，我先在這裡等候。」斑斑苦笑著，在草叢中低調地趴下。

「嗨！」釉釉露出笑容，朝那兩隻被鍊著的臘腸狗打招呼。牠們分別是黑色短毛臘腸狗與棕色長毛臘腸狗，趾甲修得很整齊，毛色發亮，看樣子得到主人很好的照顧。

「嗨！小美女！」其中一隻毛髮黑亮的黑色公臘腸狗立刻激動地朝釉釉衝來，狂搖尾巴，猛繞著她打轉。

「又在那裡耍色了。」棕色長毛臘腸狗似乎是較年長的成熟女性，對著釉釉苦笑了一下。「抱歉喔！牠就這德性……」

「沒關係。」釉釉一面閃躲著過度熱情的公臘腸，一面禮貌地與母臘腸互聞鼻子。

「妳是哪裡來的啊？我們每天都來這裡散步，從沒看過妳。」母臘腸親切地問著。

「嗯……」釉釉邊把公臘腸推開，邊努力地組織著自己的答案。「我……走失了。」

「哇！那可真不得了！妳知道自己原本住哪裡嗎？」母臘腸柔聲地問。

「不知道，我是跟我主人來高雄旅遊的，但我不知道怎麼搞的，就到了這裡……對了，妳知道八德路在哪個方向嗎？」

「八德路……」母臘腸問公臘腸。「好像是我們每次去探望奶奶那裡吧！」

「哦哦！似乎是那個方向沒錯喔！」公臘腸解釋道。「每週末，主人都會開車帶我們去看奶奶，奶奶會給我們吃很多好料的……」

「你們知道，那裡有間獸醫診所嗎？」釉釉連忙又問。

「有是有，但妳去獸醫診所做什麼？身體不舒服？」母臘腸擔憂地問。

「嗯……我想去那裡掃晶片，讓獸醫先生聯絡我主人。因爲我主人先前曾說過要帶我去那裡……」釉釉連忙繼續扯謊道，但她說的邏輯十分明確，好心的家犬們也不疑有他。

「哦！我瞭解了。」母臘腸點點頭。「那妳能在這裡等到明天嗎？明天是週六，我媽媽通常在我們散步完之後，就會直接從這裡開車，去八德路了。」

公臘腸也幫腔道：「妳這麼可愛，只要對媽媽搖搖尾巴，她一定很樂意幫助妳。」

「可以……但我有個朋友，也想一起去八德路耶！」釉釉回頭望著斑斑。

斑斑搖著尾巴微笑，從草叢另一頭站起身。

「嗨！」斑斑率先對臘腸們打招呼，沒料到體型比自己大上好幾倍的花毛混血狗突然出現，臘腸們緊張地吠了兩聲。

「不行、不行喔！」公臘腸搖搖頭。「媽媽不會讓這麼大的野狗上車的。」

「牠不是野狗啦！你們看仔細，牠才剛洗過澡。」釉釉連忙解釋道。但臘腸狗們仍是猛後退。

「沒辦法、沒辦法，媽媽不喜歡這麼大的野狗！」

就在此刻，彷彿呼應了家犬們的話語，坐在公園長凳上的女飼主，連忙扯著牽繩。

「唉！不可以跟這麼大的野狗靠太近！萬一被咬怎麼辦？回來！野狗身上有很多寄生蟲，被感染到就不好了！」

飼主不斷拉著家犬們的牽繩，牠們也只好先暫時後退。

放棄希望的釉釉，低聲道謝後就回到斑斑身邊。

「竟然說你是野狗……唉。你身上明明有項圈啊！」釉釉替斑斑打抱不平。

「沒辦法呀！家犬通常看到狗兒都很開心，但也有些自視甚高的家犬與飼主，看到我們這種沒有主人、又瘦又髒的狗兒，總是退避三舍……」斑斑臉上已經沒有無奈，而是充滿了包容。

「唉！連人類都愛分階級、貼標籤了，狗的世界也難免會有這些偏見。」釉釉的心底酸酸的。

此時，公臘腸狗又搖著尾巴湊了過來，主動搭話道。「妳既然這麼想去八德路，不如我直接告訴妳怎麼去吧？」

「好啊！太感謝了！」釉釉連忙帶著斑斑，緩緩挨近，聽公臘腸報路。

「從這裡過去的話，我記得……會先看到一個國小，接著因爲靠近鳳山火車站，附近會有超多黃色計程車、客運，也聽得到火車的聲音喔！」

「好的……」斑斑點著頭。

「欸！不要再跟野狗玩了！」女飼主又扯著牽繩，將公臘腸像風箏般拖回她腳邊。

「咳咳……那先說到這裡爲止，抱歉啦！」公臘腸因爲女主人硬扯牽繩而咳嗽著，向斑斑與釉釉道別。

「太感謝你們了！」釉釉與斑斑得到情報後，總算心情稍微安定了點，快步朝市區繼續前進。

※

正午的太陽太過毒辣，沒能趕多少路，釉釉與斑斑就到一處綠茵地休息，躲在大樹下的長影中。一開始，一切還算愜意舒適，周遭還有個小小的噴水池，供他們解渴。不料兩小時後，卻下起了午後雷陣雨。

當釉釉還是人類時，下雨一點也不可怕，雷聲聽在耳中也不怎麼樣。但如今已變爲臘腸狗，聽覺變得更敏銳，每次的雷鳴都撼動著她的耳膜，讓釉釉打從心底感到驚慌害怕。

「汪汪汪汪！」釉釉一面逃到樹下躲雨，一面驚恐地狂吠。

「打雷待在樹下很危險，我們還是去騎樓的屋簷躲著吧！」斑斑搖動長尾，苦笑地將釉釉從樹下勸出。兩隻狗兒移動到人類商家的騎樓底下。

「去去去！不要待在這裡！臭野狗！」

緊接著又是一隻腳，準備要踢過來……

如今被趕，釉釉也不覺得心寒了。反正被趕了，就到下個地方去。斑斑和釉釉一連換了好幾個地方，總算找到一戶大門緊閉的人家。

看來這家的人都尚未下班，沒人出入，因此釉釉和斑斑的存在，也礙不著他們了。

釉釉的肚子又開始餓了起來，但她知道斑斑比自己更餓，只好忍住不說。「閉上眼睛吧……」她告訴自己。「等一下還要走很長的一段路，睡著就感覺不到餓了……」

釉釉頂著濕漉漉的毛皮，半昏半醒地睡著了。似乎是下班時間到了，附近的市街開始熱鬧了起來，小販出來做生意，鍋上煮的熱食香味四溢，騎樓的燈也一盞一盞亮了起來。

而雨，也總算停了。

望著一批批揹著書包的小學生、國中生匆匆放學，釉釉覺得好羨慕。他們一定都有個溫暖的家等著自己回去，不用擔心下一餐在哪裡……

爲什麼以前的自己，只覺得姊姊煩、課業煩，都未曾思考過自己擁有了什麼幸福？

「斑斑，我們繼續趕路吧！也許，今晚有機會寄宿在一個有食物、有水、溫暖又乾淨的地方！」

斑斑不敢置信，但仍穩重地緩聲問。「妳是說……哪裡呢？」

「我爸爸的診所！」釉釉明朗地躍起身，與斑斑一同往市區的方向前進。

※※

釉釉說的沒錯。大部分的動物醫院都提供住院病房籠位，也提供寵物寄宿的服務。爸爸對待醫院中的動物們更是無微不至。爸爸甚至要求護士們每隔六小時就要打掃消毒每個籠舍。

至於剛出院、退房的籠位，也一定經過妥當的全面消毒與清洗，才讓下一位寵物入住。無論是健康的寄宿寵物，或需要醫療的住院寵物，一般的獸醫院都應該要認真看待。

抱持著樂觀的態度，釉釉使出全身的力氣，與斑斑一同摸索前往診所的路。

「不好意思……請問，前面是不是有一處國小？」斑斑照臘腸狗今天指引的方向，詢問一頭路過的友善流浪狗。

「你……在跟我說話嗎？」流浪狗的花色灰灰的，看起來年紀頗大，關節也有些問題，聽力似乎也不太好。

斑斑又將問題重複了一次。

「哦！有的……不少小朋友還在那裡過馬路呢！我想那就是你們所說的國小吧……」

灰色流浪狗露出髒亂長毛下的溫暖雙眸，盡力地回答著斑斑。釉釉仔細地觀察，心想牠打理乾淨過後，應該會像一種高大又毛茸茸的名種犬「古代牧羊犬」。

「您還好吧？」看到這頭巨大卻虛弱的長毛老公公，釉釉很擔心牠的身體狀況。斑斑與老公公互嗅氣味時，也似乎察覺有些不對。

對方生病了，而且，還病得不輕。

「沒事啦……就是活一天，算一天囉！我這種流浪老狗，生病也不稀奇啦！生、老、病、死，這個年紀還怕，會讓年輕人笑掉大牙的……」灰毛老公公對著釉釉微微一笑，笑容中沒有任何埋怨與苦澀，反而更讓人心疼。

的確，流浪狗的壽命平均不到家犬的一半，能夠活到老公公這個年紀，似乎已經是很厲害了。釉釉心想，眼前這個虛弱的長者，是否曾經被人類飼養過，也曾是家中的寵物寶貝呢？若一出生就流落街頭，大概活不到這個歲數的……

灰毛老公公搖搖尾巴，友善且無聲地朝斑斑與釉釉道別，走到街道的另一頭。

流浪狗們的相遇，多半是這樣平和而隨緣的。斑斑正準備靜靜地目送這位長者離開，釉釉卻突然高聲嚷了起來。

「請您等一下！老爺爺！」

老公似乎不敢相信自己聽力不佳的耳朵，過了好幾秒才遲鈍地回過頭。

「妳……是在叫我嗎？」

「對啊！」釉釉飛奔到灰毛老公公的身邊。「現在我們剛好要去獸醫院，如果可以的話，您要不要和我們一起去呢？」

「『獸醫院』？」灰毛老公公傻住了。牠茫然地瞪大眼睛，似乎在有限的幸福回憶中，努力想著獸醫院是怎麼樣的地方……

牠一定曾經被人類飼養過。釉釉忍住眼淚想道。

不知道，老爺爺對於自己被人類飼養的日子，還記得多少？

如果牠願意再度信任人類，或許願意跟他們一道走，選擇就醫吧！

斑斑似乎不太同意釉釉的魯莽邀約，眼神中充滿對長者的尊重。他沉穩地想了一下，仍插口道：「當然，若您不願意去，也沒關係，畢竟您可以選擇自己想過什麼日子……」

「呵呵呵，讓你們費心了，真不好意思。」灰毛老公公又露出微笑，藏在紛亂長毛中圓滾滾的小眼睛也瞇了起來。「我對獸醫院的印象，有好的，也有不好的。不過，我倒覺得自己所剩的日子不多了，與其拖著這麻煩的老骨頭去讓醫生爲難，不如把醫生的寶貴時間，讓給其他需要照顧的年輕狗兒吧！再說，看病也要錢啊！我這把老骨頭既臭又髒，哪個人類願意替我付錢呢？」

釉釉聽了，更覺得心好痛、好酸……

灰毛老公公捲捲的尾巴又再度搖了一下，嘴邊掛起一抹靜靜的淺笑，轉身走開了。

「別太在意了……讓長輩選擇自己要過的日子，也是對牠們的一種尊重。」斑斑柔聲安慰釉釉。

「嗯……」釉釉擦著眼淚，淚眼婆娑地跟在斑斑身後，但她發現，斑斑的視線也仍掛念著老公公。

只見灰毛老公公一個人搖搖晃晃地過了馬路，沉默地用鼻子貼地嗅著，似乎在尋覓食物。他孱弱而單薄的身影，消逝在巷尾。

釉釉默默許願，希望老公公的下一餐，能夠溫飽。

八、久違的診所

「汪！汪汪汪！」當爸爸開設的獸醫診所映入眼簾時，釉釉朝她記憶中熟悉的景象直奔過去，一路興奮地吠叫。

「釉釉，慢點！小心行人！」斑斑苦笑著追在後方，而路人們早已被腳邊亂竄的奶油色臘腸犬給打擾到了，紛紛露出驚慌的神色。

「這就是我爸爸的診所！」釉釉亢奮地吐著舌頭，用盡最後的力氣在診所的玻璃自動門前狂跳。

診所的外觀，跟她兩年前拜訪時有所不同，裝潢得很洋派——白色格子落地窗，帶著一點優雅的歐風，卻不失寵物醫院該有的溫暖。透過落地窗與玻璃門，可看見有飼主正抱著自己的貓狗，在淺藍色的沙發區舒適地坐著，等待就診。

「好棒的一間醫院啊！看起來，不像醫院呢……反而有一種溫馨的感覺！」斑斑露出讚嘆的目光，但牠很快地便回到了現實，思考著接下來的問題。「但……我們要怎麼進去呢？裡頭幾乎都是有主人帶的寵物……」

「放心，看我的！」釉釉回眸微笑，才一說完，便身子一繃，「咚」的一聲倒在地上。

「咦！釉釉！妳怎麼了！釉釉！」斑斑緊張地嗅著倒地不起的釉釉。

「噓！我沒事啦！快點模仿我的樣子呀！」

正直的斑斑一開始還摸不清釉釉玩的是哪一招，也只好連忙倒在釉釉身邊，笨拙地學著她的神態。只見釉釉翻起白眼，挺出乾癟癟的肚子，還吐出了舌頭，一臉重病昏倒的模樣，立刻引來醫院落地窗內其他飼主的注意。

「啊！外面有頭好可愛的小臘腸狗昏倒了！」

「怎麼會這樣？旁邊還有頭大花狗呢！」

「是被下毒了嗎？牠們的主人呢？」飼主們議論紛紛，連醫院櫃台的護士小姐也探出頭來。

「怎麼了？你們怎麼了？」護士小姐雖然頂著一臉異常時髦的大濃妝，心地卻很善良。她此刻已經奪門而出，在釉釉與斑斑身旁跪下。

「放心，這位是我爸爸聘請的張護士，已經在我們醫院服務多年了，她很善良，絕對會幫助我們的……」釉釉一面假裝昏厥，軟綿綿地被張護士抱起，一面偷偷對斑斑耳語道。

「好……」斑斑也默默地模仿起釉釉的模樣。一大一小的狗兒倒在動物醫院門口，自然引起不少路人的關注。

「這些野狗，還真會選地方躺。」有路人紛紛奚落道。

「好賊的狗喔！」

「反正，我們醫院會收留他們！借過！」張護士不忍心這些落難的狗兒被路人閒言閒語，急忙抱起釉釉，另一手扶起斑斑，走回醫院大廳。

「洪醫師！杜醫師！有急診！」張護士喚著診所內的兩位王牌醫生。他們的名字與臉孔，釉釉十分熟悉。

只是，一想到自己最親愛的爸爸，已經不在這間當初創業的獸醫院中，她仍感到很失落，一顆心也沉了下來。

「倘若此刻，是我溫柔的爸爸伸出手來抱住我，該有多好……」

「釉釉，別多想了，我們就是爲了探聽妳爸爸的消息，才找到這裡來的，打起精神啊！」斑斑對釉釉打氣道。此刻，斑斑的神情非常不自在，因爲其中一位醫生正對著牠東摸西摸，想找出斑斑的毛病在哪。

「咦！這頭花毛米克斯狗，似乎狀況比較好，能夠自己站上診療台。杜醫師，你先回去繼續替客戶們看診吧！急診這邊我來負責。」較年長的洪醫師蓄著性格的小鬍子，有影星喬治克隆尼的風采，也是很疼愛釉釉的一位長輩。釉釉看到久違的洪醫師，也猛搖尾巴。

只可惜，洪醫師當然不認得釉釉，只是低著頭，一心想找出斑斑的病因。

「唉！牠應該是血糖過低，所以方才才會站不穩啦！」洪醫師對張護士說。「我們餵牠一頓，我再觀察一下狀況……因爲是流浪狗，還是先別貿然抽血。這頭花狗身上還有項圈耶……看起來還頗新的，該不會是走失犬吧？先來掃掃晶片，準備聯絡失主吧！」

洪醫師依照標準流程，認真想幫助斑斑，一旁的釉釉則猛搖頭、狂嘆氣。

「唉！洪醫師！斑斑的晶片登記人，是我姊姊，你可千萬別打電話給她啊！昨天她還想把我們送去收容所呢！」

果不其然，洪醫師在不明就裡的狀況下，先是掃描到了斑斑的晶片，又從電腦連線資料中，打了姊姊的手機，最後，問到的答案當然是「棄養」。

「唉！飼主竟說不要了！」張護士替斑斑感到惋惜，心疼地揉揉斑斑的頭。「不過，好奇怪啊！北部的狗被棄養，怎麼跑到我們高雄來了？」

「先別管這些了。」洪醫師抱起釉釉。「哦！妳也醒來啦？小美女。我來看看妳的身體，為什麼會暈倒呢？」

洪醫師先是觸診，再用聽診器讀著釉釉的心跳，最後也得出跟斑斑一樣的結果與處置。

雖無大礙，但基於謹慎的醫療態度，釉釉和斑斑都要「留院觀察」。

他們住進了醫院的「病房」中。雖稱作病房，其實是一座乾淨明亮的寬敞大狗籠，釉釉在裡頭跳起來都不會頂到頭部，斑斑也適得其所，擁有一個能自在轉身的獨立空間。

「來，流浪很辛苦吧？一定餓了……」張護士笑容可掬，朝籠內放進一盆清水、一碗滿滿的狗食。斑斑與釉釉感激得直搖尾巴。張護士還放了消毒過的毛巾，讓狗兒可以墊著睡覺。

「唉！雖然暫時被關起來了，但有食物吃、有水喝，躺起來也很舒服，真不錯。」斑斑第一次體驗到這種「住院」待遇，一向內斂的牠，也已經開心得咧起嘴笑。

看到斑斑舒適的樣子，釉釉也很開心。然而，她發現在這短短一兩個小時內，最難適應的還是自己。

「籠子雖然很大，可是……終究還是籠子啊！」釉釉不習慣被關在籠子內，看到斑斑已經在籠中安睡的模樣，她很是欣慰，卻也羨慕。

「唉！這籠子，快把我逼瘋了。往外看都一條一條的……又不能隨自己的意願進出……好想出去喔！」釉釉埋怨道。

她無法想像很多狗兒終其一生都被關在籠中吃喝拉撒睡，無論什麼狗，養在什麼樣的環境，都需要適度活動。就算大多時間必須被關在籠中，若能每天定時定量地享有一小段自由時間，那也是很加分的……就在釉釉邊感嘆，邊直巴巴地數著籠子的白鐵欄杆根數時……有人進來了。

是方才的張護士，她抱著一隻看似虛弱，眼神卻溫和堅定的小哈士奇。小哈士奇有冰藍色的美麗眼睛，一眼就彷彿能穿透釉釉的靈魂深處。

「嗨……」釉釉試探性地對小哈士奇打招呼。

「哈囉。」小哈士奇一進籠就有些衰弱地躺下，但仍搖了搖尾巴。

「你生了什麼病啊？」

「我得到遺傳性的慢性腎衰竭。」小哈士奇似乎對自己的病既不無奈也不埋怨，只是文文靜靜地回答釉釉的問題。

「你爸爸、媽媽有腎衰竭？」

「大概吧！有時候是基因上的缺陷，不做詳細檢查是驗不出的。而我從斷奶之後，就沒看過我爸媽了，所以關於爸媽的記憶，我幾乎是沒有。但我還算運氣好的，聽說跟我同批出生的兄弟姊妹中，有人天生下來就沒有眼睛，臉上只長著兩個凹洞，也有生下來不到幾天就離世了，不知道什麼原因。」小哈士奇的眼神依舊透亮，看不出任何哀傷。或許，哀傷在這個世界上，也沒有任何用處。

「唉！不做基因檢測，就讓狗兒隨意繁殖，真的很不好……」釉釉想起爸爸常說，狗狗也該講求「優生學」，做基因檢測能將公狗與母狗的各種潛藏性病理數值讀出來，也才能知道牠們是否有能力繁衍出健康的小狗狗，而不是讓狗隨意交配，增加先天殘缺的風險。

當這些小寶寶帶著殘缺來到世界上，多半註定要過不幸的一生。很少有飼主願意想盡辦法花錢動用後天醫學的力量，幫助狗狗改善身體狀況。

小哈士奇繼續緩緩說著自己的故事。「寵物店發現我一直沒精神，賣不出去，就把我免費送人，我的飼主知道我的病情需要花很多錢後，一開始想棄養我，最後就被她的同學，也就是我現任的飼主接手了。」小哈士奇說起自己的兩任主人，眼神十分複雜。

「聽起來，你現在的飼主對你很好，還花錢讓你治病。」

「是這樣沒錯，她很辛苦地多兼一份工，每週帶我來接受療程，甚至每半年都幫我驗血，就怕我又得了什麼其他的病。唉！這些都是要花錢的，我是不懂人類世界的規則啦！但需要花錢也代表著，主人在家的時間無法太多，畢竟，她得去工作賺我的醫藥費啊！主人還因此，常被她的男友和爸媽責罵。」小哈士奇的眼中，充滿深深的愧疚和不安。「我想，也許哪一天，主人就會不要我了……」

「別這麼說，她都花錢讓你治病了，一定會好好保護你的！你只需要盡力養病就好了！」釉釉鼓勵著對方。

但釉釉當然也知道，家家有本難念的經。

小哈士奇似乎沒有把話說完，或許是累了，或許是不想說了……牠靜靜地趴在籠子中，閉起眼睛。

病房區，又陷入一片安靜。此時，釉釉頭頂的籠位傳來一陣騷動。

「咿咿咿……」聽起來是小狗仔睡醒時可愛的撒嬌聲。

「噓！安靜喔！來媽媽這裡喝奶，別吵到別人。」一個溫柔的聲音從釉釉上方的籠位傳來。聽起來是母狗與小狗，釉釉的視線雖然無法看到對方，但光想，就覺得是一幅溫馨可人的畫面。

「妳的小孩聽起來很可愛。」

「呵呵，牠們好煩唷！才剛出生沒幾天，一直吵我要喝奶。」母狗的聲音悅耳明亮，若是人類的話，絕對是個成熟嫵媚的輕熟女媽媽。釉釉真想見見她與她的孩子。

「我是釉釉，我是奶油色的臘腸狗，妳呢？我好想看看妳的樣子，可惜這個角度沒辦法……畢竟妳住在我頭頂上的籠位。」

「我不像妳一樣，是名種犬，我只是一隻米克斯狗啦！也就是ＭＩＸ混血狗，我主人都說我是土狗。我的名字叫『君君』，外表是純白色短毛、立耳，有點像白柴犬，但沒有捲捲的尾巴。」不卑不亢的態度，讓釉釉覺得君君是個成熟的說話對象。

「君君，妳是來醫院生產的嗎？」

「對呀！這次懷孕是意料之外，我的主人每天都放我自己去散步，但我每個月發情時，都會有一群公狗尾隨著我，追著我，好恐怖……」君君的語調充滿哀傷。「有一次，一不小心，我就被一隻體型比我大好多倍的狗，給強暴了……」

釉釉震驚得不知道如何回應，只覺得好心酸。

面對一大群「精蟲衝腦」的公狗，一隻母狗該如何保護自己？只能怪主人沒預先幫狗兒結紮，又不親自保護她。

「我懷孕後，每天身體都好不舒服……肚子又越來越大，很怕主人不要我，或逼我去墮胎……還好主人的爸爸斥責了主人一頓，說讓我生完這胎後，一定就要結紮。他說，結紮對母狗、母貓來說都是一種保護，也可以預防老年的子宮蓄膿和生殖系統病變。」此時的君君似乎也怕釉釉過度傷感，語調刻意明朗了起來。「前陣子，主人也有煮一些好料的給我吃，還定期送我到醫院產檢，選擇讓我在醫院生產。身爲新手媽媽，有點緊張呢！」君君輕輕地笑了起來。

雖然這是場意料之外的懷孕事件，君君卻十分珍惜初爲人母的時光。

「還好，小生命有主人和妳的照顧！」釉釉真心地稱讚道。「當妳的小孩，一定很幸福喔！」

「唉！還不曉得呢！」君君苦笑。「聽主人說，已經請朋友來替小狗拍照，會在臉書上持續上傳小狗成長的照片，希望兩三個月內，能找到好心人願意認養牠們……」

哪個做母親的，不替自家孩子的未來擔心呢？

釉釉聽在耳裡，也感同身受。「希望，妳的孩子都能找到幸福的好人家。」

「謝謝妳！」君君甜甜地笑了。「那妳呢？怎麼會進來這裡？生了什麼病嗎？」

「哦！我和我的同伴斑斑原本一起流浪，但因為過度飢餓導致身體不舒服，昏倒在醫院門口。」

「哇！那還真是幸運。我也當過一陣子的流浪狗，那時，我天天都去現任主人家門口吃剩飯……主人看我可憐，才收留我的。也希望之後妳能找到好心人收養！」君君也祝福著釉釉。

這番話，才讓釉釉憶起自己此行的目的！

釉釉連忙開始打聽爸爸的情報。

「說到這個，妳說之前懷孕時就常來這間診所……當時，都是哪位醫生幫妳看診居多呢？」

「哦哦！以前，我都是給洪醫師看診，但有時候，也會給這裡的院長——鄧醫師看診。」

君君口中的院長，就是爸爸！

釉釉驚喜地跳了起來。

九、調查時的插曲

「那，妳最後一次給鄧醫師看診，是什麼時候？」

「是兩週前的事情了呢！但那天鄧醫師看起來非常沒有精神，眼袋都跑出來了，像是幾天沒睡覺，雙眼還充滿了血絲。雖然他仍舊非常有耐心地打起精神，幫我照超音波……但總感覺，他有什麼心事。」君君努力地回想著。

雖然此時，釉釉仍無法看到君君認真回答的臉孔，但她聽得出來，君君非常使勁地在回想著跟爸爸有關的情報。

「不知道，鄧醫師會有什麼心事呢？」釉釉嘆了口氣。

「是呀！我一開始對鄧醫師的印象，就是他非常開朗和溫柔，總是讓我看診時不緊張也不焦躁……但，不知道從什麼時候開始，鄧醫師好像就比較沒精神，常常都是一臉倦容，話也越來越少。以前都會對我說『君君又來啦？妳是漂亮的孕婦！要生可愛的小寶寶喔！』等這類鼓勵的話，但之後的幾次看診，就只是輕輕地摸摸我而已……」

釉釉點點頭，此時，她發現隔壁籠的斑斑早已醒來，積極地傾聽著君君提供的情報。

「哦！我以前也給鄧醫師看診過。」住院房的另一端，響起了另一隻狗的聲音。這隻狗從頭到尾都非常安靜地趴著，難怪釉釉都沒有注意到牠的存在。

牠是頭聲音低沉陽剛的拉布拉多黑色公狗，住在大籠子中。後腳貼著一小塊抽血過後的棉花與醫療膠布。

拉布拉多犬開口道：「我這次住院，本來是要給鄧醫師做結紮手術的，一個月前就約好了，但他突然離職，只好改成給其他醫生做手術囉！我的主人還很失望呢！」

「原來，鄧醫師離職啦？我以為他只是去渡假呢！我看他累得不成人形，是該渡個假了……」君君回答。

「不，我也不知道是否真的是離職啦！不過，我認為鄧醫師做的很不開心喔！因此有可能是離職了！」拉布拉多狗說出了讓釉釉震驚不已的情報。

「可是，這間診所是鄧醫師創立的耶！他怎會突然離職？」君君問。

「自從前兩個月開始，鄧醫師除了看診時變得很喪氣、疲倦之外，還常常和人吵架，好幾次，我都聽到休息室傳來的爭吵聲。」拉布拉多黑狗皺著眉頭，繼續描述道：「一開始，都是診所電話會先響起，護士小姐們接起電話後，講沒幾句，就會面有難色地將電話轉交給鄧醫師……鄧醫師總是怒氣沖沖、一臉無奈地接過電話，然後走到休息室去。可能因爲他是院長，所以要討論什麼複雜的事務吧！」

斑斑與釉釉對望了一眼。

斑斑謹慎地問：「所以鄧醫師是和電話中的人吵架嗎？他曾經和醫院中的其他員工吵架過嗎？」

「我有聽他跟杜醫師吵過架，不過……那是因爲杜醫師比較年輕又沒經驗，他們應該是純粹在溝通醫療的事情。」拉布拉多聳聳肩。「因爲……鄧醫師脾氣很好，總是輕聲細語，所以這些事情，我才會記得這麼詳細。」

「謝謝你的情報。」釉釉萬分感激地望向牠道謝。

「不過你們怎麼一直問鄧醫師的事情啊？」君君問道。

釉釉還在苦惱要怎麼回答，斑斑已經說出了答案。

「我們先前流浪時，接受過鄧醫師的照顧，這次來沒看到他，覺得很失望、很難過。」

「哦哦！鄧醫師對流浪貓狗真的很照顧，常常在診所外放貓食、狗食，下班後，鄧醫師還會親自帶領診所員工們，出來整理環境。若野貓野狗看似有異狀，他們就會直接抱到診所中救治，直到深夜，也會幫流浪貓狗結紮，防止一些不必要的生殖系統病變。」曾身為流浪狗的君君，感念地憶起釉釉爸爸的德行。

「是啊！這麼好心的一位醫師，若忽然間不來上班大家卻不感到奇怪，我覺得才是荒唐！」拉布拉多狗沉重地搖了搖頭。

「對呀！所以我們才會想瞭解一下情況。」斑斑順著拉布拉多的話說下去。「你們知道，鄧醫師平常還常跟誰往來嗎？除了打電話給他的那些人之外……」

「嗯……鄧醫師幾乎整天都在跟貓狗相處啊！他還跟誰有往來呢？」君君努力想著。

此時，原本縮在角落的藍眼小哈士奇，也加入了對話。「哦……我想起來了，半年前的某一天，忽然有個大嬸一次送來十隻蓬頭垢面的馬爾濟斯，全都又髒又臭地塞在雞籠裡面，放得大廳滿滿都是。大嬸說這些狗要割聲帶，鄧醫師不肯，說這是不人道的手術，大嬸就拿出一大疊鈔票，但鄧醫師依舊拒絕，還說要打電話給動保單位，大嬸就威脅說要給鄧醫師好看！」

「太過分了！」大家聽到大嬸的惡行，都非常傻眼。

「你們知道，爲什麼我會特別注意這件事嗎？」小哈士奇帶著恨意，咬牙切齒地說：「因爲，大嬸之所以帶那些狗來動那樣的手術……絕對是因爲她本身有在經營繁殖場。」

釉釉知道，繁殖場與有政府認證能給予每隻狗兒優良生活品質，專門孕育健康品種犬的狗舍大不相同。繁殖場，就是一種不斷讓狗兒胡亂生產、懷孕，一年到頭都給母狗打催情針、動手術，一生再生的恐怖地方。這樣的地方，狗狗多半長期被關在籠中，關到雙腳變形、趾甲刺進肉裡，身心都會出現恐怖的症狀，就算默默死去，也未必會有人即時發現。

現在的台灣，會有人鼓勵「以認養代替購買」，就是因爲「購買」行爲，往往促成了繁殖場的暴利，讓這些不肖業者有更多理由虐待狗兒，甚至不做基因篩檢，就製造出許多像病房內小哈士奇這種不健康、天生下來就受苦的生命。

「繁殖場的人，滿腦子只想賺錢，把動物當斂財工具……要是不想做了，就把狗丟到山上、丟到收容所，還會笑嘻嘻地說：『反正有愛心人士會幫忙救！』」小哈士奇氣得身體抖了好幾下。一想到斷奶過後就從未見過的爸媽，以及因爲遺傳疾病相繼離世的兄弟姊妹，還有自己承受腎衰竭的痛苦，哈士奇的悲憤心情，釉釉當然能理解。

「看來，鄧醫師會和繁殖場的大嬸槓上，也是意料中的事。」拉布拉多狗點點頭。「不知道鄧醫師不來上班，是不是跟繁殖場那邊有關係？」

「有可能喔！畢竟那名大嬸，竟敢在公共場所大聲威脅醫師，搞不好背後有什麼恐怖的靠山在替她撐腰，說不定還與黑道有掛鉤！」君君也有些害怕地分析道。

「有了這些情報，相信我們距離找到鄧醫師，又邁進了一大步。」釉釉不小心將自己的計畫全盤托出。

「釉釉……」斑斑擔心她說溜嘴，惹來不必要的麻煩。

「哦！原來你們想調查鄧醫師不來上班的原因啊？」拉布拉多忽然一腔熱血溢滿心頭。「早說嘛！我們是家犬，平常行動能力有限，但你們是流浪狗，來去自如且方便行動，的確比我們有條件去調查鄧醫師的事情！」

釉釉與斑斑沒想到自己的計畫，不但沒受到家犬的嘲笑，反而獲得這麼大的認同。拉布拉多激動地在籠中轉圈子，巨大的身形將籠子震出轟隆轟隆的熱情回音。「喂！也算我一份吧！等我動完結紮手術，休息個幾天之後，我可以在散步時間幫你們找他！」「對呀！原來你們是想調查鄧醫師的事啊……的確有調查的必要呢！」君君也熱切地回應。

小哈士奇也吐著舌頭，認真地說。「這麼好的醫師，我也希望他再回到這間醫院服務……」

「真的太謝謝大家了！」釉釉熱淚盈眶。

「為了之後聯絡方便，我們要記一下各位的住址，若有需要，就真的要登門拜訪，請你們幫忙了！」斑斑精明又誠懇地要求道。

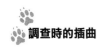

就這樣，斑斑與釉釉結束了這趟診所之旅，結交了不少朋友，也獲得了許多有利的情報。

四小時後，洪醫師觀察斑斑與釉釉的健康狀況無虞，便將他們放回路邊。

「乖乖喔！回到街上後，要保護好自己喔！」張護士摸了摸釉釉的臉，也溫柔地拍拍斑斑。

兩隻狗兒朝洪醫師與張護士搖搖尾巴，也默默祝福著診所病房內的家犬夥伴們能康復順利，他日再相會。

※※

釉釉與斑斑開開心心地回到街上，帶著滿滿的情報，希望能找出與爸爸起衝突的繁殖場在哪裡。

繞過巷子，轉往另一方向時，他們意識到有個身影正鬼鬼祟祟地站在遠處。

「是妳爸爸診所中那個比較年輕的獸醫——杜醫師……」斑斑十分敏銳，裝作沒注意到的樣子，放緩腳步東嗅嗅、西嗅嗅。釉釉也配合著他的步調。

「他又沒跟我們打過照面，突然出來盯著我們幹嘛？」

「釉釉，他在看妳。」斑斑一面故作忙碌地聞著路邊的花草，一面機警地瞥著對方。

釉釉發現杜醫師的確在盯著自己，突然感到一陣緊張。「他是不是發現，我其實是人變成的？咦！等等，他打手機做什麼？」

杜醫師的確在打手機，似乎在通報什麼事情似的，但隔了一段距離，釉釉也無法聽見對方在說什麼。

爲了明白他的意圖，斑斑帶著釉釉繼續假裝在附近閒晃，等了一會兒，杜獸醫終於走回診所後門。

此時，又有一個人接近釉釉，還一把將她抱起！斑斑急得大聲吠叫。

「汪汪！汪汪汪汪！」斑斑定睛一看，才發現對方是個綁著棕色馬尾、外表時髦的女性。她先是緩緩地將釉釉放回地面，朝斑斑輕輕說了聲：「噓……不怕、不怕喔！我不是要傷害你們的。」

釉釉躲到斑斑身後，斑斑往前嗅了嗅這位女性。她雖然身材姣好，卻只穿著樸素的黑衣配牛仔褲，即使被狗狂吠也神情自若、舉止溫柔，看樣子有從事寵物相關行業的架式。

「來，不給我抱抱也沒關係，先跟我走好嗎？不然，會有危險喔！」黑衣姊姊溫柔地撫摸著最靠近她的斑斑。「你叫什麼名字啊？看來你的毛也不髒，應該有主人吧？我叫小艾。」

斑斑狐疑地聞了聞小艾，此時，她簡直像變戲法似的，掏出了幾塊香濃的狗零嘴。

「這是低鹽無油的狗狗專用豬肉乾喔！我都給自家的狗狗吃這個牌子的零食喔！」小艾把斑斑與釉釉當作自己飼養的狗狗似的，連零嘴的牌子都說了出來，似乎堅信他們聽得懂人話。

斑斑與釉釉忍受不住零嘴的誘惑，又啃又舔。小艾給她的第一印象不錯，於是他們又跟在小艾腳邊走了幾步。

「咿咿——」巷口邊猛然傳來緊急煞車聲，一輛不起眼的銀色發財車停了下來，一個胖大嬸開門走了出來。她頭髮蓬亂、表情不知道在焦急些什麼，東張西望的。

彷彿知道她的意圖似的，小艾柔聲將斑斑與釉釉趕到牆角邊，一人兩狗緩緩貼著牆準備走遠。

「等一下！小姐！」大嬸忽然追了過來，肥胖的身體不停抖動著。素顏的臉上有些老人斑，但仍使勁堆出和藹的笑容。

大嬸開口道：「妳腳邊那隻狗，是我們家的喔！」

「哪隻？」小艾神色自若，故意指著斑斑。

「不是，不是那隻邊境牧羊犬，哦！牠的血統也不純，是雜種狗。」大嬸似乎沒料到有斑斑的存在，厭惡地望了牠一眼。

「我是說這隻奶油色的母狗，似乎還沒結紮吧？我打電話問過動物醫院了喔！這隻狗是我的！」她笑咪咪地指著釉釉，還對釉釉擠眉弄眼，一臉親密的模樣。

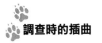

「可是，這狗看起來不認識妳啊！」小艾望著釉釉疑惑又害怕的模樣，輕輕將釉釉抱起。「妳有植晶片嗎？有植晶片的話，我們現在就回動物醫院一起求證啊！」小艾微笑。

「若是沒植晶片，等於寵物在台灣是沒有身分證明的，萬一走失也無從獲得法律支援歸還給飼主喔！何況，妳也不像飼主吧？」

不疾不徐的說完一連串兼具情理法角度的發言，小艾的表情看起來有些不耐煩了，似乎早已知道大嬸想玩什麼把戲。

「反正，那隻狗是我們家的啦！妳再這樣，我要告妳喔！」大嬸已經氣急敗壞，斑斑在一旁生氣地露出牙齒，朝她咆哮。

「唉！妳根本沒聽懂我的話嘛！就說只有晶片才能依法判定飼主是誰，其他的妳說破嘴都一樣啦！我現在要把狗帶走，妳也無權阻止我，知道嗎？」小艾似乎已經確定釉釉身上沒有晶片，或是乾脆賭下去了，總之她的態度不但轉爲強勢，眉宇間也少不了對大嬸的嘲弄意味。

「沒水準！賤女人！」大嬸破口大罵，嚇得釉釉緊緊貼著小艾。

一般女人忽然被人這樣辱罵，早就生氣了。小艾卻反而噗哧一笑。「哎唷！妳也只能這樣了吧？算了啦！我可憐妳，連晶片的事情都不懂，看到漂亮且未結紮的純種犬，就衝過來說是自己的。妳這種人啊！我都當作笑話看！」

出口不帶髒字，卻氣勢十足。小艾轉頭抱著釉釉，腿邊還跟著斑斑，一路自信笑著，大步往前走去，只留下大嬸在後面氣急敗壞，出口成髒。

「等等，這個景象真讓人不舒服……好像似曾相識。」釉釉搖了搖頭。

斑斑機靈地抬頭看著她。「不就是妳爸爸曾經發生過的事嗎？」

「對喔！」釉釉恍然大悟。「先前，君君牠們才說過，有個繁殖場的大嬸闖到醫院來，對我爸出言污辱，甚至還威脅他……」

斑斑用力地點點頭。「為了調查，我想我們還是跟緊那個大嬸好了。雖說，眼前的好人似乎是小艾……」

一想到要離開小艾，到繁殖場大嬸那裡自投羅網，釉釉實在有些腳軟。但此刻若不這麼做，似乎又失去了變身為狗來調查爸爸失蹤事件的理由了……

釉釉正在猶豫，這才發現不只繁殖場大嬸開車來，小艾也有駕車等在巷外的同伴。

「小艾，這邊喔！」只見對方戴著正經的黑框眼鏡，一臉斯文樣，坐在駕駛座朝小艾招了招手。

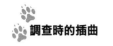

「妳找到杜醫師電話中說的那兩隻狗了？」

「是啊！那大嬸聽到有純種未結紮的年輕母狗，果然又出現了，真不知道她到底從哪得到這消息的。」

眼鏡男孩點點頭。「是我們自己人跟她說的，我們放進去臥底的打工小妹，已經蒐證了，現在只需要找到其他幾個繁殖場的確切地點，就能一一擊破了。」

釉釉與斑斑一聽，這才知道他們似乎是從事動物保護的相關人員，只是不曉得是民間的愛心媽媽，還是政府立案的協會救援組織？

「既然他們已經掌握到大嬸的部份證據，那也許暫時不需要我們出馬吧！我們就先上車吧！」斑斑看釉釉方才猶豫的樣子，自己也很心疼，實在不希望釉釉因爲去繁殖場「臥底」而受苦。

「畢竟，那不是進去後就能隨意出來的地方……」斑斑喃喃自語，跟著釉釉坐上了小艾的車子。而眼鏡男孩已轉動方向盤，默默跟蹤著大嬸的發財車，往郊區駛去……

十、繁殖場煉獄

他們前往的郊區一片寧靜而祥和，只有幾戶民宅，旁邊挨著鐵皮屋，二樓、三樓也是加蓋的鐵皮屋。

眼看方才凶惡罵人的可疑大嬸已將發財車開到停車房，小艾與眼鏡男孩則將車子又往附近的山林繞了一圈，把車子藏好後，才徒步前進。

爲了怕斑斑與釉釉亂跑，他們將兩隻狗兒暫時拴在車外，牽繩在把手上打了一個活結，繩子還留有長度，讓他們可以自在地在樹蔭下趴坐。

「乖乖，帶你們去怕有危險，也怕不能成功蒐證。總之，我們不用半小時就回來了，要等我們喔！」小艾臨走前，特地輕柔地安撫了斑斑與釉釉一番。

釉釉雖然很感謝小艾的用心，但進入繁殖場親身尋找真相，才是她此時想要做的。

眼看小艾他們一走，斑斑就回過頭，有些語重心長地望著釉釉。

「妳確定真的要進去嗎？還是我一個人先去看看呢？」

「我也要一起去！兩個人一起，才能互相有個照應啊！」釉釉堅持。

斑斑低下頭，其實牠早就對繁殖場的狗兒遭遇有所耳聞，深怕釉釉無法承受那樣的衝擊……

但既然釉釉都這麼說了，斑斑也尊重她的決定。

一將彼此的項圈與牽繩暫時咬開脫困後，兩人就朝繁殖場奔去。附近雜草叢生，約有半個人那麼高。周圍一片綠意，還聽得到遠處蟲鳴鳥叫，這樣好山好水的地方，很難想像會發生什麼壞事。

「呵呵呵！呵呵呵呵！」剛踏進鐵皮屋的後門，斑斑與釉釉就聽到一陣奇怪的氣音。

仔細一看，裡頭約有二三十隻不成狗形的毛狀物，被塞在狹小且堆滿屎尿與嘔吐物的生鏽雞籠中。從牠們狼狽骯髒的白毛中，勉強可以看出牠們是一群馬爾濟斯，以及花色的吉娃娃，不過，釉釉第一眼真的不會用「狗」來形容牠們……

小籠子中的這些毛東西，不僅又髒又臭，還在自己的屎尿上吃飯喝水。發現他們之後，每隻狗都十分神經質地瞪大眼睛，張口朝斑斑與釉釉吠叫。

只是，牠們的聲帶全被割除了，只能發出「呵呵呵」的氣音，看著牠們叫得翻眼又旋轉身體的激動模樣，不停地在已經夠小的籠子中擦傷自己，釉釉簡直不敢相信自己的眼睛。

釉釉看著又病又瘦的狗兒，眼淚已經奪眶而出。牠們身上的毛髮已非「蓬頭垢面」能形容，甚至更糟，不是糾結骯髒，就是脫毛或皮膚腐爛。

釉釉忍不住哭叫道：「天啊……牠們……還是狗嗎？」

「牠們，就是寵物店裡頭那些可愛小狗的爸爸與媽媽。」斑斑答道：「牠們不斷地受孕、生產，連孩子的未來都不知道在哪裡，每天就在暗無天日的小地牢中吃喝拉撒睡。被打催情針、被迫受孕，公狗強暴母狗，一點當父母的喜悅都沒有。當然，因畸形、先天基因不良、或後天沒有得到妥善照顧而夭折的小狗，也不在少數。」斑斑沉重地望著自己的狗類同胞們。牠們望著斑斑與釉釉的眼神，除了悲涼憤怒外，更有已經絕望至極的瘋狂。

「呵呵呵呵……呵呵呵……」繁殖場的狗群們在各自的籠子中，用吠不出的氣音咆哮道。

有些似乎在說著「救我！」、「放我出去！」，也有狗兒在喊著「我的孩子呢？」「我好想死！」……二三十張嘴的悲情呼喊，聽在釉釉耳中，是多麼沉痛啊！

本棟鐵皮屋的二樓，也傳出一陣騷動，斑斑帶頭跑了上去。

「天啊！這一區也是……」斑斑本想要釉釉下樓，希望她別再看了，沒想到釉釉鼓起勇氣，硬是要看個明白。

二樓的鐵皮屋中，也是同樣的慘狀。只是，這次受害的對象是二三十隻臘腸狗，有長毛也有短毛，各種花色一應俱全，只是……牠們的外表也不太像狗了。

「嗚嗚嗚嗚！」看到一隻跟釉釉長得一模一樣的奶油臘腸犬在籠中求救，彷彿看到自己的分身就在裡頭受苦，釉釉的眼淚再也停不住。一想到方才的大嬸還想強行抱走她，讓她來這裡受孕生產，釉釉就氣得咬牙切齒。

「該怎麼辦？該怎麼幫助這些狗兒？斑斑！怎麼辦！」

斑斑無法回答，牠知道此時告訴釉釉，全台灣上下不曉得有多少個像這樣的繁殖場，一定會讓釉釉更加心碎。

「所以，現在才有『以認養代替購買』的口號，畢竟有買賣，就有暴利可圖。一隻純種小狗不管有沒有先天的疾病，都不是能用肉眼察覺的。隨便唬弄，就能夠賣到幾萬元，讓寵物店及繁殖場受惠，賺這種黑心錢！人類的惡行不改，永遠都會有這麼多的小狗被繁殖出來，動保團體再怎麼領養、救助、蒐證報警，也抓不完的……」這些話，斑斑只敢想在心底。

牠努力不與籠中任何一隻狗對上眼，因為牠們大多數……都已經瘋了。被長期關在這種地方折磨，吃喝拉撒睡都在同個地方、孩子一生下來就被帶走、身體不舒服也只能等死，誰在這樣的環境中，能保持清醒正常的心智？

但釉釉很天真樂觀，依舊與其中一隻跟她長得一模一樣的狗兒對上了眼，還跑到她的籠子前。斑斑只能大聲嘆氣，跟在她身後。

「妳幾歲了？」釉釉問。

「什麼？」籠中的母狗只能不斷地重複幾個詞彙，看起來心智已受到嚴重的損傷。

「幾點？吃飯嗎？交配？不要……不要交配……」

「妳在這邊，多久了啊？」釉釉努力的跟她溝通，斑斑聽了心底一陣刺痛。

「公狗！走開！走開！我不要交配！」母狗嗅到斑斑的氣味，開始一陣咆哮。釉釉心想，牠一定是過著腹中一沒有孩子就要馬上受孕的辛苦日子，才會對公狗如此充滿敵意。

「我結紮了，我主人幫我結紮了，妳不要害怕喔！」斑斑低聲安撫母狗，但牠仍歇斯底里地在籠中狂跳，根本不明白斑斑在講什麼。

母狗邊跳邊吠，卻也只能發出「呵呵呵」的氣音，這種聲音，近乎咳嗽又像是被人掐著脖子，怎麼聽都不舒服。

「不割聲帶的話，繁殖場的惡行很容易因爲狗吠而被舉發，所以人類爲了省麻煩、圖個清淨，就會剝奪狗講話、求救的權利。」斑斑對釉釉解釋，而她聽了只是更加心如刀割……

「喂！那邊那兩個！」悲愴又混亂的氣氛之中，斑斑與釉釉豎起了耳朵。

有個思緒清楚的聲音，正試圖呼叫他們，這讓斑斑與釉釉如何能忽視呢？

「太好了，你們是警犬嗎？」最角落的籠中，有隻跟釉釉長得一模一樣的臘腸公狗，牠的生殖器看起來發炎了，不斷分泌出膿水，全身也都是屎尿味，但牠清澈的目光，仍吸引著斑斑與釉釉激動地衝到籠前。

「嗨！」斑斑與釉釉搖著尾巴，隔著金屬雞籠與公狗互聞，熟悉彼此的味道，對方也猛搖尾巴回應。「我是魯迪，這是我的名字。我前任主人給我取的。別擔心，我剛進來不到三個月，所以還沒瘋。」

「我是斑斑，她是釉釉。你是怎麼進來的？」

「因爲我亂咬人。我原本被主人養在大城市的公寓，但主人的小孩手很賤，常常喜歡捏我、打我。有次我只是出於自衛咬了主人的小孩，主人就把我棄養在收容所。這時，大嬸來收容所看我，大概是因爲我年輕可愛又沒有結紮，她便把我領養走了。我原以爲自己會在溫暖的家和新主人一起生活，但沒想到，卻被帶來做『種狗』，聲帶也被割傷了。」

雖是淒苦的經歷，但魯迪說起自己的故事，只是輕描淡寫。很顯然地，牠將話語的重點放在更後面。「你們是警犬嗎？來協助警察辦案，把我們放出去的吧？」

看到魯迪閃亮而充滿希望的眼神，斑斑與釉釉不知道該怎麼回答。面對自己也未知的未來，他們又如何能給對方承諾，甚至希望呢？

誰又何嘗不希望，台灣每隻受苦受難的狗兒，都能夠得救呢？

「和我們一起來的人類，在調查你家大嬸的惡行惡狀，相信過不久就會有所作爲了。」

「唉！你們是動保團體嗎？大嬸的後台很硬喔！要警察才動得了她啦！」魯迪顯然失望透頂，語氣也變得充滿苦楚。「上次，也有愛心媽媽偷偷溜進來，看到我身體有狀況，還摸著我說要把我們都救出去，結果呢？她卻沒有再回來了！」

斑斑與釉釉面面相覷，像大嬸這樣的惡人，竟然如此難以「法辦」？難道大嬸真有什麼後台不成？

「我來放你出去！自由之後，你就把你知道的，都告訴我們吧！」釉釉用鼻子頂著魯迪的籠門，一時間，因爲鼻尖受力點不對，害得釉釉頓時見血。

「欸！住手！籠門只有人類才打的開啦！」魯迪也急了，斑斑則是心疼地將釉釉撞開。

「我來！」斑斑努力用前腳搭住籠門，嘴巴咬住開關，尋找彈簧的位置，釉釉則又衝了上來，仿照斑斑的作法，兩人合力，終於將籠門打開了。

「小心！我要跳囉！」魯迪身上黏著一堆籠中的屎尿，滑到斑斑身上。

此時，樓下傳來急促的人聲與腳步聲，聽起來不只一人。

「糟糕，有人來了！」斑斑豎耳一聽。「聽這腳步聲，對方絕不是小艾和眼鏡男孩……」

「是大嬸，我認得她的聲音。」魯迪聽了一下，回答道：「還有她的幫手，兩個壯漢大叔。」

「他們就在樓下，我們也下不去了。」釉釉焦急地問。「那現在怎麼辦？」

「別怕，我們先躲在二樓，哦！那邊有雜物間。」斑斑與釉釉一跑，才發現魯迪竟然還待在原地。

「你怎麼不走！」斑斑正想罵魯迪，才發現牠的腳趾甲因爲長期關在籠子中而變形，連走路都痛得要死，更不用說跑步了……

心疼的斑斑，連忙跑回去一口將魯迪拎了起來，一起躲進滿是灰塵的雜物間。

一樓的腳步聲逐漸移動到了二樓，在鐵皮屋樓梯間轟然作響。釉釉正想鬆口氣，眼尖的她卻發現……

「糟糕，魯迪的籠門沒關，這麼明顯！他們會看到的啦！」

「我回去關！」斑斑立刻起身。

「不行啦！太危險了！」魯迪搖搖頭，絕望的冷光閃過眼底。「萬一被抓回去，也是我的命了……不能把你們牽扯進來。」

「要走，大家一起走。」斑斑低聲說道，牠堅定的眼神，流露出智慧的淺笑。釉釉一看到這樣的眼神，就知道斑斑一定又想到什麼妙計了。

※※

「汪汪汪汪！」等大嬸與兩個大叔幫手一踏離樓梯口，來到走廊時，斑斑猛然竄出，故意撞倒角落的水桶。

一時間，水全都流到地板上，不僅將三個人類嚇了一跳，也轉移了他們的注意力。

釉釉與無法快跑的魯迪，悄悄的從另一個截然不同的方向，緩緩朝樓梯口前進。

「靠！怎麼有隻野狗闖了進來！我打死你！」大叔抄棍就想打斑斑。

但斑斑豈是如此簡單的對手？一向溫和的牠面對生命威脅，也不甘示弱地露出一口尖牙往大叔褲襠咬去。棍子雖是落在斑斑身上，但牠卻也耐得了這麼一下，故意讓自己挨打來製造攻擊的時間差。大叔根本沒料到這點，立刻倒地。

「汪汪汪！」眼看腳趾甲受傷的魯迪仍舊還沒走到樓梯口，斑斑繼續往反方向跑去，邊吠邊繞了一大圈，吸引人類的注意。

「唉！我走得這麼慢，萬一害死牠怎麼辦……」魯迪邊瘸著腳，邊回頭擔心斑斑，眼淚都快落下來了。

釉釉則在一旁用身體頂著牠，幫牠平衡。「不會的，斑斑很會照顧自己，何況這裡走道狹小，對敏捷的斑斑來說，比人類還能輕鬆移動，我們先走！」

釉釉雖然嘴上這麼說，心卻依然懸在半空，深怕一不留神魯迪就踩空樓梯跌下去，更怕斑斑萬一怎麼了，自己將終生遺憾。

斑斑停止吠叫，一時間釉釉回頭，還找不到牠在哪。只見身旁瞬間衝出一道黑白色的光影。斑斑熱熱的氣息呼到釉釉與魯迪的頭頂。

「走！」斑斑一口就將行動不便的魯迪叼了起來，與釉釉一起閃電般衝出一樓門口。

「那狗跑下去了啦！靠！」大叔與大嬸還在樓上找狗，斑斑一停止吠叫後，他們才後知後覺，總算發現斑斑早已不在二樓。

門外的太陽燦爛地微笑，自由的陽光正如勝利的金粉般灑向三隻狗兒。他們頭也不回地跑著，大口地呼吸著新鮮的空氣。

斑斑一路叼著魯迪，釉釉則緊追在牠的身側，一溜煙跑過草叢，奔向山間小徑。

「先在小艾的車子這裡等著吧！」斑斑喘氣不已，釉釉這才發現牠的後腳似乎站姿怪怪的……

「斑斑，你是不是方才被打到了？」三個人打一隻狗，狗兒要全身而退，恐怕也是難事。雖然斑斑什麼都沒回答，只是露出一個要她安心的微笑，釉釉還是既心疼又心痛，更對人類的世界寒心至極！

雖然他們平安逃出來了，但裡頭還有至少四五十隻狗兒，難道就要一輩子待在那裡嗎？牠們很多都已有了身心疾病，就算被救出，能適應新住處嗎？這麼多狗，一時間又要安置在哪裡呢？

釉釉左想右想，午後的日頭也已經漸漸西下，在經過耗費心力的這場折騰後，魯迪與斑斑都不禁暫時午寐片刻，閉目養神。

「小艾怎麼還不回來？當時她說，半小時後就會回來。」身為人類，釉釉對時間的敏感度明顯高於斑斑和魯迪，狗兒睡著時特別不會在意時間，而釉釉卻一直保持警醒的狀態，注意著周遭的狀況。

就在她越來越擔心的這個當下，斑斑彷彿也察覺到她的心思，醒了過來。

「我們待在這裡好像不夠安全，畢竟這裡離繁殖場很近，又是在大馬路旁，如果被繁殖場相關的人員看到，總是不太好。」

「嗯！那小艾他們要怎麼辦呢？」釉釉放心不下。

「人類會自己照顧自己的，我們先把魯迪帶到市區的動物醫院吧！我想只要把牠放在任何一間醫院前，肯定都會有好心人通報獸醫的。」

眼看魯迪瘦得剩皮包骨、生殖器也發炎流膿，就醫實在刻不容緩。釉釉與斑斑便開始準備下山。

斑斑叼起魯迪，釉釉緊跟在旁，踏著夕陽的殘輝飛快走下山。牠們特地選了條雜草叢生的隱密小徑，靠著大馬路前行，比較不容易迷路。

此時，前方傳來人聲。

「你沒事吧！再撐一下……」一個黑衣女人攙扶著戴眼鏡的男性走在馬路上，與斑斑等人擦身而過。

「啊！是小艾！」釉釉總算放心了，不過，眼鏡男孩似乎被打傷了，只見他一手扶著半邊臉，眼鏡也碎了，被小艾拿在手上。

「那個臭老太婆，發現自己一隻狗不見，就硬說是我們偷的！不過，還好，我的照相機沒被他們搶去，還好你機警，要我多準備一份沒在用的老相機和空白記憶卡，被他們搜去也不怕！」小艾氣憤難消地對眼睛男孩說著，而他虛弱地點點頭。

聽他們這番談話，釉釉已料到對方大概死不認帳又想跟小艾槓上，或許是怕將小艾與眼鏡男孩扣留在屋子太久，在法律上站不住腳，才放他們先走。

「該不會，爸爸也曾經跟小艾一樣，來繁殖場與大嬸、大叔們起過衝突吧？」釉釉腦海中懸而未解的疑惑，再度浮上心頭。

「既然小艾回來了，我們跟著他們坐車下山，也比較方便安全。」斑斑望著體力不支的魯迪，做出如此決定。

三隻狗兒又趕忙折返回原路，守在車旁，等待著小艾。

「唉呀……」小艾才剛把眼鏡男孩扶上車，就看到新加入的成員——魯迪，露出恍然大悟的笑容。

「原來，是你們兩個偷跑出去，又救了這隻狗出來啊！你們狗兒啊！也真的勇敢和團結呢！」小艾臉上的陰霾消散，還開心地抱起魯迪與釉釉，將他們安置回車內後座，斑斑也愉快地跳上了車。

小艾坐上駕駛座時，心情不但看起來比方才好，還繼續雀躍地想像著狗兒們方才的處境。「你們真是聰明又機靈耶！還知道脫困救人後，要回來跟我會合！看來，你們也有跑新聞的天份喔？」

聽到這句話，釉釉與斑斑突然恍然大悟。原本釉釉還以爲小艾只是單純熱心的動物保護運動推廣者，或是個年輕的愛心媽媽，沒想到，她其實是個跑新聞的記者！

眼鏡男孩翻出後座置物箱的冰敷袋，老神在在地冰敷著自己的臉。「我看啊！這些狗大概也知道我們是好人，才沒有自己逃走。」

「放心，我追這個新聞已經很久了，絕對會保障你們的安全！」小艾對狗兒們眨了眨眼，迅速發動引擎。

十一、夢境交易

小艾先送眼鏡男孩就醫，又將魯迪送到醫院，先付了醫藥費後，跟櫃台約定好接魯迪回家的時間。

「醫生這週會先把牠餵胖、驗血，確定是否能動結紮手術。如果不行，最慢下下週也能結紮和治療，希望能一舉解決牠今後生殖系統的問題。狗只要結紮，就算日後不幸走失，或被偷抱走，也不怕再被抓去繁殖生產了。」小艾彷彿知道釉釉聽得懂似的，邊抱著釉釉邊解釋。

釉釉感到佩服極了。仔細打量小艾用的手機與包包，其實都是色系低調的名牌貨，身上黑衣配牛仔褲，卻顯得時髦且美麗，多金又有正義感。

而當斑斑在路旁便溺時，小艾也毫不猶豫的掏出報紙撿起狗大便，丟到公用垃圾桶，言行間充滿道德意識。

「萬一……我有幸再度變成人類的話，我一定會認真唸書，將來成爲像小艾這樣，帥氣又幹練的善良女性！」釉釉暗自許願。

小艾知道斑斑和釉釉今早剛從動物醫院出來，身體健康沒有問題，便直接將他們帶回自己的家。

小艾與她年邁卻十分有活力的爸爸同住。一進門，就看見五隻貓、兩隻狗在客廳，但整棟簡單時髦的公寓，卻聞不到貓狗的體味。且每隻都打理得很乾淨體面，看樣子在這裡生活很開心

雖然這五貓二狗一開始對斑斑與釉釉滿肚子疑惑，也不特別友善，但也不至於會排擠他們。斑斑與釉釉找了個屬於自己的角落窩下，小艾餵給他們食物和水後，便先去洗了個澡。

卸妝的她少了幾分殺氣，和爸爸一起坐在沙發上看著選秀節目，看起來就像個可愛青春的女孩，父女自在地邊笑鬧邊討論著電視上的歌手，釉釉看在眼底，好不羨慕。

自己的爸爸從幾年前就爲了完成開業的夢想而來到高雄，長期與釉釉姊妹倆分居，如今還可能面臨生離死別，釉釉不勝唏噓。

「也許，我一輩子也無法像此刻的小艾那樣，與爸爸一起看電視……」

「釉釉，別亂想。」斑斑溫柔地舉掌撫著釉釉的肩膀。「我們已經調查到這裡了，你爸爸的下落一定很快就能水落石出。」

「唉！如果我能親口問小艾她目前所掌握到的所有情報，該有多好……可惜我是狗，她根本不可能知道我想說什麼啊！」釉釉心情仍十分沮喪。待在人生地不熟的環境，雖是吃飽喝足了，但滿屋子陌生貓狗的氣味，仍讓釉釉有些緊張。她依偎在斑斑身旁，感受著斑斑呼吸的頻率，試圖想像自己和斑斑仍在北部的舒適家裡，躺在自己最愛的床鋪上……

就彷彿，這一切都沒發生過一樣。

「對呀！那一晚，我和斑斑也是這樣睡在房間中，而我做夢夢到了爸爸，醒來就變成了狗……」釉釉忽然靈機一動。「記得，犬婆婆要我給她一個夢，倘若這場奇幻的魔法旅程，跟夢境有關係，我是不是也能透過夢，再度跟犬婆婆或小艾用人話來彼此溝通？」

釉釉自覺山窮水盡，只能順著直覺走。聽著斑斑熟睡的呼吸聲，她也試圖藉著朦朧的睡意，幻想著自己仍是人形躺在自家的床上，讓自己進入夢鄉……

※※

釉釉獨身一人，走在大雨滂沱的夜晚街道。雖然下雨，但釉釉的心情卻不錯，她哼著小時候和爸爸常一起唱的老歌，眼前盡是她熟悉的巷弄，斑斑也靜靜地跟隨在她的身邊。更令人雀躍的是，釉釉很確定自己是用人類的兩條腿行走著。

她望著自己穿上上個月剛買不久的新鞋。薄荷綠色的平底緞帶鞋，清新又可愛。好久沒有用人類的姿態開心地跟著斑斑一起行走，釉釉真的很開心。

即使知道自己仍處在夢境中，釉釉也覺得心情前所未有地好。

大雨中，前方的街道隱隱發著光。閃電亮起時，釉釉牽緊斑斑的牽繩，而斑斑也並沒有很驚慌，態度相當安定。

仔細一觀察，街道上空不斷閃出鮮艷的紫色閃電，卻沒有聽到半聲雷響。豔麗的夜雲，彷彿玫瑰花的形狀，盛開在天空中。

紫色的天空、粉橘色的雲朵，以及不斷在閃電中發光的銀色街道。整個畫面呈現出一種詭異又美麗的神秘光彩。

釉釉並不覺得害怕，直到眼前出現了一大群無聲接近的陌生狗群。狗群們的無數雙眼睛直勾勾地盯著斑斑與釉釉，雖然看起來沒有敵意，卻散發出一股駭人的寧靜。

釉釉知道，看到這群狗，就代表有個人物要出現了。

又是一陣紫光閃過，閃電忽明忽暗地點亮街頭。而前方站著的人，正是犬婆婆。

犬婆婆不再是以衣衫襤褸的模樣現身，而是以一張化好妝的端正臉龐走向他們，身上還穿著華麗且繁複的黑色洋裝，撐著鑲嵌著黑色亮片的大傘。

她的頭上，竟然還多了一頂英國維多利亞時代的復古羽毛大圓帽，如此華麗且散發出凜然氣勢的犬婆婆，讓釉釉與斑斑緊張地停住腳步。

「犬婆婆，妳怎麼……在這裡？」

犬婆婆塗著深色口紅的薄薄嘴唇，緩緩開啓。「妳不是說想在夢中見我嗎？」

釉釉這才意識過來，這真的是一場夢。而且，似乎還是一場由自己率先主導的夢……

「犬婆婆，我有些問題想問妳。」

「問啊！不過……」犬婆婆輕輕一笑。「我不一定會回答就是了。」

「可是……」釉釉感覺胃底一陣翻滾。

「我之所以願意在妳的夢中現身，主要也是想好好確定，我們的交易能否繼續執行。」

「咦？什麼意思？我不記得，我有跟妳做過什麼交易。」釉釉握緊斑斑的牽繩，很希望斑斑能開口幫腔。

但斑斑卻一直保持著沉默。

「啊！大概是因爲，我變回了人，就無法聽懂斑斑說的話了吧？」釉釉感覺一陣不安，失落感也襲上心房。

不過，她此時更在意的是……犬婆婆究竟與她做了什麼交易？

犬婆婆有些不耐煩了，舉起黑傘的手掌一動也不動。閃電的紫光在她老邁卻化了華麗妝容的臉上跳動。「釉釉，還記得妳在流浪狗中毒事件中，問我斑斑的下落嗎？」

「嗯……」

「當時我回答妳牠沒事，妳很快就會看到牠的同時，其實斑斑已經中了微量的毒，本來可能會造成永久性的神經傷害，變成一隻餘生都只能抽搐的狗。」

「什……什麼！」釉釉連忙緊緊抱住斑斑，斑斑也緊繃地蹭著釉釉。

「當然，牠什麼也不記得了。因爲，我早已用魔法消除了牠的記憶，也移除了牠體內的毒物。知道我從哪裡得來這麼大的力量嗎？」

「不知道……」

犬婆婆高聲一笑，尖細的聲音迴盪在無人的街道。「哈哈哈哈！那是因爲我從妳身上，嗅到了夢的潛力。我知道妳因爲爸爸的事情夜不成眠，還很擔心斑斑會離開妳，這樣善良又無助的靈魂，是最好的『做夢者』！」

「『做夢者』？」

「就是能夠持續做夢，並在現實生活中解決自己夢中難題的人！」犬婆婆一臉興奮，瞪大了黃澄澄的眼睛。「這種單純、無助又具行動力的人，只要我施予一點點的魔法，就能從你們的夢境中，得到很大的魔法回饋。就像炒股票，逢低買進、投資妳的夢，就有機會回收、獲得暴利，讓我自己得到更多的力量！」

釉釉隱約聽懂了，原來，她在無意中的對話間，已與犬婆婆交換了煩人的心事，也註定爲她所用……

只是，犬婆婆的「利用」，其實也是一種「幫助」。犬婆婆一面施予小魔法，幫助無助的人，又從這些人身上得到執著的行動力，當他們順利解決問題後，犬婆婆又能得到更多的魔法力量。

這便是，她所謂的交易。

「也就是說，犬婆婆，妳是看好我能成功找到爸爸才幫助我，把我變成小狗的嗎？」

「妳要這麼樂觀地想，倒也可以。」犬婆婆冷冷一笑。「但變成小狗，當初也是妳自己的主意喔！」

釉釉想起，自己遇到犬婆婆之後所做的第一個夢，她的確是曾經在夢中懵懂地許願：「若能成功找回爸爸，要我變成一隻小狗也無所謂。」

恍然大悟後，釉釉渾身又充滿了豁然開朗的力量。

「哈哈，真是漂亮的笑容。」犬婆婆也露出真心的微笑，如此稱讚釉釉道。「看來妳已經明白了，我之所以把妳變成狗，就是因爲知道妳的善良、果斷與勇氣，將有極大的機會，使過往困擾痛苦的夢境，化作甘美的現實。但一切的結果，就要等到妳親自解決一重一重的難題及自己的困難後，才能揭曉囉！」

「謝謝妳，犬婆婆。聽妳這麼一說，我非常確定我爸還活在這人世間，我也的確利用變身爲小狗的這段時間，掌握到許多情報。相信，有一天我能像小艾父女那樣，笑著和我爸爸、斑斑，一起坐在沙發上看著電視歡笑！」

釉釉用樂觀堅定的表情一說完此話，忽然有陣暴風雨強襲而來。雨如箭矢般掃來，一瞬間眼前什麼都看不見，釉釉只能抱緊斑斑，轉頭一躲……

「咦？」淺淺的白光，淡入了視線之中。釉釉感覺眼前的空間整個變得不同了。

轉眼間，犬婆婆、狗群、閃電和漆黑暴雨的街道，全都消失了……

「釉釉，妳看個電視，把斑斑抱得這麼緊！是想勒昏牠嗎？哈哈哈！」

這熟悉的爽朗笑聲……是爸爸！

釉釉猛然睜開眼睛。

這是夢，一定是夢。周遭的一切仍模模糊糊，卻又如此真實，讓釉釉眼眶泛出甜蜜又珍惜的淚水。

此刻的她，進入了另一個夢境。在這裡，她與爸爸、斑斑，正一起坐在客廳沙發上，看著電視歡笑。

一陣香味飄入鼻中。廚房傳來姊姊與媽媽做飯的香氣，是釉釉最愛的咖哩飯。

「嗚嗚。」斑斑伸展著長長的身子，用釉釉在現實中從沒看過的撒嬌姿態，坐在這對父女的腿上，親暱地吐著舌頭。

「斑斑，馬上就要開飯了，雖然你不能吃咖哩，但爸爸有替你買了牛肉罐頭喔！」爸爸慈愛地摸著斑斑洗得乾淨鬆軟的毛皮，如此微笑道。

※※

夢，終究還是醒了。釉釉嗅到小艾家狗食早餐的香氣，自己的狗掌踏在斑斑的肚子上，耳畔聽到的，則是斑斑的呼喚聲。

「釉釉，醒來囉！吃飯啦！」

「嗯……好。」釉釉緩緩伸展筋骨，望著自己的狗掌發呆。

明明知道昨晚夢見的全是現實之外的情節，但釉釉卻發現，自己今早是帶著喜悅醒來的。

臉上，還掛著喜極而泣的眼淚。

「唉！我不能氣餒！昨夜，跟犬婆婆在夢中一談，我心頭的壓力消失了不少。我一定能夠很快找到爸爸，像夢中那樣一家團圓的！」釉釉偷偷擦掉淚水。

斑斑將小艾分發的狗食，推到釉釉面前。

低下頭，釉釉大口大口地將食物吞進肚中。她要拼命吃、用力吃，儲存戰鬥與冒險的體力才行！

斑斑在一旁露出欣慰的微笑。原本嬌生慣養、嫌棄狗食的釉釉，在這場旅程中卻有了如此大的轉變。看到釉釉肯主動進食、臉上也神采奕奕，牠想，釉釉昨晚一定終於能好好休息了吧！

沒什麼比這更讓斑斑開心的了！

斑斑也大口大口地吃著狗食，將胃填得飽飽的。

牠試著挪動後腿。「嗯！看來復原情況還不錯。」昨天被繁殖場大叔打痛的後腿傷勢，已經好了許多。

今天一定會是個閃亮的一天吧！

「哇！把飯吃光啦？你們兩個新來的，真是好榜樣啊！」化好妝、換好衣服的小艾滿面笑容地走來，摸摸斑斑與釉釉的頭。

此時，釉釉瞇起眼，與小艾四目相交時，忽然有了異樣的感受。

小艾的眼神一亮，似乎比昨天更注意她了，還立刻說出釉釉的心思。「哦！妳喜歡被我摸摸呀？那我就再多摸幾下！」

釉釉瞇起眼享受著撫摸，一面對斑斑說：「被小艾這麼溫柔又幹練的女生摸著，真是開始一天的最好方式！」

「哈，妳剛剛一定在說我的好話對吧？來，斑斑，爲了不要讓你羨慕，我也多摸你幾下吧！」小艾爽直地笑著，她方才所說的話，卻讓釉釉驚訝不已。

「小艾……怎麼忽然像有了讀心術似的？」釉釉驚喜地想著。「簡直就像能通曉我的思緒一樣！」

「沒錯、沒錯喔！我都知道你們在想什麼！」小艾又自言自語地回答了，起身暫時離開，去收拾其他貓狗的碗。

「奇怪，她昨天跟我們還沒這麼有默契的！」斑斑也覺得不可思議。

「一定是昨晚我睡前許的願，奏效了！」釉釉歡喜地想著。「我能跟小艾的心靈相通，對找出爸爸的下落，一定也更有幫助！」

此時的釉釉，完全沒料到，二十四小時後，自己又將墮入地獄。

十二、分離的命運

陽光普照的早晨，讓釉釉與斑斑充滿好的預感。

當小艾準備出門上班時，釉釉高聲說：「妳要走了喔……不能帶我去嗎？」

「不行喔！今天要去處理很重要的事情。」小艾苦笑。

「好想知道繁殖場的進展喔！」釉釉又央求著。

「呵呵，妳這個小聰明，晚點我就會告訴妳了喔！」小艾摸摸釉釉，安撫了幾句。

釉釉覺得很氣餒，這樣的互動雖有進展，她卻不夠滿意。

眼看小艾已經套上鞋子，手持鑰匙準備出門，釉釉心急地朝她大叫：「請問！妳知不知道一個叫做鄧治文的獸醫？他先前與繁殖場也有過爭執。」

「咦？」小艾猛然回過頭，眼神閃過極大的驚訝。她大概以爲自己聽錯了，普通的狗兒怎麼會如此精確地說出人名、問這麼詳細的問題？

小艾又轉過身，當作沒聽到，此時釉釉激動地吠叫起來，衝去抱住她的大腿。

「唉呀！新來的狗狗很黏妳呢！」小艾的爸爸緩步走來，一把抱起釉釉。「不怕、不怕！我昨天已經把妳可愛的照片放上網，尋找願意認養妳的新人家了！阿伯我會仔細篩選，幫妳找一個最有愛心、最疼妳的家庭，這樣好不好啊？」

「不好！不好！我不需要去認養家庭！我要和斑斑一起找我的爸爸！」釉釉在阿伯的懷中猛力亂扭，所幸阿伯很有耐心，一般人大概會直接往她的頭拍下去。

「牠好像不想跟牠的朋友分開，這隻花花的公狗跟牠感情很好。」小艾無奈一笑，時間緊迫，再怎麼有愛心，也得去上班了。

望著小艾關上大門的身影，釉釉心都涼了。

「沒關係，如果妳想要動身去其他地方，我可以陪妳一起逃走。」斑斑輕柔地搖著尾巴走來。

「先不用逃。小艾這裡已經掌握到許多情報了……如果我們能知道她調查的內容就好了。」釉釉苦惱地轉著圈圈。看在阿伯的眼中，卻覺得很有趣，被她這隻可愛的奶油色臘腸犬逗得呵呵大笑，還拿起手機拍攝釉釉的姿態。

「唉呀！妳真的好可愛啊！我把妳的影片也轉貼到臉書吧！臉書上很多好心人，等著收養像妳一樣可愛的臘腸狗呢！」

釉釉完全不想搭理阿伯，雖然明明知道他是好意，所作所爲也完全沒錯，但釉釉並非一頭想找家的普通臘腸狗，而是一個人類女孩暫時化身成的狗兒啊！

「算了，跟他說也沒用。」釉釉放棄溝通，垂著尾巴坐回角落。此時，斑斑似乎有了什麼妙計，竟主動朝小艾家裡原本就圈養著的五貓二狗走過去。

「嗨！」斑斑搖著尾巴。「謝謝你們昨晚騰出一個空位，讓我與釉釉睡了一個好覺。」

「嗨！不客氣。」兩隻狗兒都是跟斑斑一樣的米克斯混血狗，態度也很友善，只是有些謹慎。「反正，來者是客，我們的主人常撿流浪動物回來，幫他們上網找新主人。」

「等等，你不要靠太近。」四隻貓的反應則有些排斥和緊張，紛紛竄到書架上俯視斑斑。

只有一隻年紀稍長的黑色胖貓，懶洋洋地躺在沙發上，回頭看著斑斑。「你們想要什麼？」

「我想問，你們知道小艾的工作內容嗎？」

「就是記者啊！不過，她很少進辦公室，都是靠網路作業的。她在網路媒體公司上班，聽說他們公司的人都很少進辦公室。」狗兒們回答。

「那……關於小艾調查事件的具體內容，你們不知道吧？」斑斑又問。

「我們怎麼可能知道？記者一次追的案件不是很多嗎？只要主人平安回家，我們就安心囉！」狗兒回答。

釉釉恍然大悟，原來斑斑是在打探自己爸爸的事情！她連忙加入對話，一五一十地把自己的遭遇全盤托出。

貓狗之中有人完全不相信，認爲釉釉「頭殼壞去」，也有人半信半疑。

「其實，自以爲是人的貓狗很多，我早就見怪不怪囉！」胖黑老貓說道，慵懶地在沙發上翻身，金黃色的眼睛彷彿審判官似的盯著釉釉。

「既然妳說想知道小艾調查的內容，又說自己是人類變的，那妳就試著把餐桌上小艾的筆電打開來，看能不能讀懂裡面的資料吧！那是她在家裡專用的筆電，因爲很大很重，小艾不揹它出門。」

「咦？」釉釉大吃一驚，一方面是感謝黑貓老大如此慷慨地允許她使用電腦，一方面也擔心萬一自己的作爲不能讓牠們滿意的話，或許會引發更大的糾紛。

「好……那我就恭敬不如從命了。」釉釉跳向餐椅，又爬上餐桌，勉強來到了小艾的筆電旁邊。

一旁的五貓二狗，總共七雙眼睛正炯炯有神地盯著釉釉的一舉一動。釉釉明白，雖然牠們的舉動看似慷慨大方，其實卻是一種公然的試煉。這更是對釉釉是否在說謊的道德測試。就連斑斑都感受到其他貓狗的情緒，有些坐立難安，爲釉釉的處境擔憂。

眾目睽睽的壓力之下，問題來了。釉釉沒有人類的手指，怎樣都無法輕易打開闔上的筆電。她一下用脖子頂、一下用牙齒咬，最後是斑斑也跳上椅子協助她固定筆電，才免於將物品摔毀，釀成大禍。

「好，開機！」釉釉滿身大汗，總算按了開機鈕，筆電便呼嚕嚕地運轉起來，進入開始的畫面。

「哦哦！來洗衣服好了！」廚房忽然走出小艾爸爸的身影，嚇得釉釉與斑斑連忙往桌下躲，還好小艾的爸爸提著洗衣籃，一心忙著處理家事，並沒有注意到這兩隻新來的狗兒正打算偷看他女兒的電腦。

「好，警報解除！妳快找資料吧！」斑斑在一旁守候著。

「好的……」釉釉用狗掌點著滑鼠，適應了好一會，才能移動自如。她點開了桌面的幾個資料夾，裡頭確實有許多繁殖場的攝影照片。

「唉……好心寒啊！那位大嬸經營的繁殖場，不只一處，你看，這裡還有柴犬的繁殖場、法國鬥牛犬的繁殖場、哈士奇的繁殖場……全都在高雄郊區。恐怕，小艾是怕提早報導出來，業者就會把其他尚未調查到的繁殖場狗兒全數銷毀，或是搬離老巢……」

電腦中，有許多小艾潛入調查的照片。籠中的狗兒就跟釉釉昨天親眼見到的一樣，眼神悲涼，幾乎失去了生存欲望。

「太扯了！」斑斑看了電腦中的照片，十分氣憤。「他們繁殖的都是人氣狗種，總數至少近百隻，每個月能誕生多少小狗？一隻賣個一兩萬，絕對是暴利啊！我敢說月入上百萬都不是問題！」

「有錢能使鬼推磨，他們一定有埋下眼線，對想暴露真相的人不利……」釉釉悲痛地說。「爸爸的失蹤，一定跟他們有關係！」

釉釉繼續翻找著小艾整理的資料，但沒有看到任何關於爸爸的消息。

斑斑只看得懂圖，讀不懂人類世界的文字，也無從幫忙，只能眼花撩亂地在一旁以精神支持著釉釉。

原本還抱著看好戲心態的五貓二狗，也緩緩加入了他們的對話。

「唉！繁殖場真的很可惡，我敢說台灣會有這麼多流浪貓狗，都是人類拼命製造出來的！母的流浪貓狗要是未經結紮，整天被發情的公狗追逐，也很悲哀啊！」狗兒加入討論。

小艾的貓狗們已經確定了釉釉是人類變身的狗，也因此大家打成一片，義憤填膺地討論起各自的身世故事。

就在此時，釉釉看到了一個文件檔，檔名爲「收購不良繁殖場之寵物店清單」。

「啊！這一定就是專門收取不良繁殖場小狗崽的分贓共犯了！」釉釉大叫著，點開檔案名單。

裡頭一長串的寵物店名單，映入眼簾。有橫跨全國各地的大型寵物連鎖店，也有小型寵物店，甚至是寵物美容機構……住址、電話一應俱全，顯示出小艾情報蒐集過程極爲複雜，她真的是具備了相當大的耐力與愛心。

「如果把這名單交給警方，一定會得罪很多人！」斑斑說。

「畢竟是擋人財路的事情……要不是小艾昨天調查時很低調，用了許多話術矇混脫困，恐怕不是男搭檔被打就能解決的。」釉釉想起昨天小艾的機警，繼續把清單往下拉。

她眼睛一亮，只見小艾在檔案最下方，備註了這份清單的協力提供者。雖然都只寫出姓氏與代稱，但其中一個名字，深深地抓住了釉釉的目光。

她喃喃地唸出檔案中的最後一行字。「『資料來源……張老闆、黃媽媽、鄧醫師、林小姐、陳主任、黃同學……』」

「『鄧醫師』，該不會就是妳爸爸吧！」斑斑跳了起來。

「唉呀！你們在玩什麼遊戲？」背後忽然傳來小艾爸爸的聲音。

一群貓狗全嚇了一跳，連沉穩的大黑貓都不禁打了個冷顫，胖胖尾巴的寒毛直豎。

「哦！你們這群小朋友啊……」小艾爸爸發現這群狗兒不但爬上桌子，還開了電腦，一臉吃驚，又好氣又好笑。「不可以喔！爬到餐桌已經很不乖了，竟然還開筆電，萬一弄壞怎麼辦？」

所幸小艾爸爸不疑有他，連螢幕上的資料都沒有留心，三兩下就將電腦關機。

斑斑與釉釉很緊張地躲到桌下，覺得自己一定會受到處罰，沒想到小艾爸爸仍一臉開開心心的坐在沙發上當「低頭族」玩著手機，似乎在回著誰的訊息。

「看來，小艾的確和我爸爸有過聯絡，爸爸還提供她惡質寵物店的名單！」釉釉回頭與斑斑討論案情。

「唉呀！釉釉，妳走運啦！」小艾爸爸從沙發上跳起來，揮舞著手機。「妳來我們家不到二十四小時，就找到新主人了！臉書上，有個住在附近的太太說想收養妳，她是個好人，家裡已經收養一隻狗狗，她也算是我的老朋友了！等一下我就帶妳去她家！」

「慘了！」釉釉哭叫起來，小艾的爸爸卻以爲她是在撒嬌，一把將她抱起。

「不行啦！你不能帶走釉釉！」斑斑焦急地又跳又吠。

眼看案情就快要突破了，萬一釉釉與斑斑分開，在這茫茫人海中又該怎麼找到彼此？斑斑與釉釉心中都閃過不祥的預感，此時再不逃，根本無法找到爸爸完成跟犬婆婆的交易，釉釉大概只能一輩子當隻狗了！

「不行！不行！」釉釉在小艾爸爸懷中努力想脫困，但他的手既粗又有力，熟練地將釉釉裝到狗狗專用的旅行運輸籠中。

「爸爸，不行啊！那女孩不是普通的狗兒，是人類變成的！」小艾家中的貓狗瞭解實情，也一窩蜂地又跳又叫，圍住小艾爸爸。

「唉呀！你們這些小笨蛋，這隻奶油臘腸狗才來我們家幾小時，你們感情已經變得這麼好啦？捨不得啦？」小艾爸爸臉上始終掛著耐心溫暖的微笑，看在釉釉眼底，卻心寒無比。

「大家幫我啊！救我啊！」她隔著運輸籠的孔洞向外求救。一群貓狗也又喵又汪地叫著，團團擋住門口，不讓小艾爸爸出門。

再怎麼有耐性，一頭熱的小艾爸爸也生氣了。「唉！你們真是不乖！造反啦！」

斑斑急了，一口咬住小艾爸爸的褲管。這舉動更是火上加油，小艾爸爸作勢要踹斑斑，斑斑仍不願閃開，就在這一來一往之間，斑斑挨了兩三腳。

「斑斑，趁門開著，你先出去！出去等著就對了！」大黑貓面露沉穩之色，對斑斑聰慧地眨了眨眼。

「對啊！趁現在門剛好開著，你還能逃出去，萬一待會兒爸爸帶釉釉出門，把你關在家裡，那可就真的來不及囉！」一旁的狗兒也勸斑斑道。

「釉釉，那我就先逃出去，等等接應妳！」斑斑總算從這種鬼打牆的騷動中想出退路，一溜煙就先竄出大門。

「哎呀，逃出去了……真是壞狗！有好好遮風避雨的家不待，偏偏要出去流浪嗎？」

小艾爸爸對斑斑的表現非常氣憤。他決定先把釉釉送到認養人家中再說，只見他早已拎起鑰匙、拿著機車安全帽，一手則繼續提著裝有釉釉的運輸籠。

眾貓狗看到斑斑脫困，也逐漸冷靜下來，不再分散小艾爸爸的注意力。

「保重喔！希望妳能順利找到妳爸爸！」隔著運輸籠，貓狗們一一過來嗅著裡頭的釉釉，讓釉釉原本焦躁不安的內心，多了幾分感念及安全感。

「謝謝大家！有大家如此大力的幫忙，我相信一定能找到爸爸的！」

「加油。」酷酷的大黑貓捲起尾巴，撩了撩釉釉的籠子。

出門了！鐵門轟然闔上，釉釉感受著小艾爸爸下樓時的振動，雙眼也接觸到外頭的熱情日光。看來，今天果真是個大晴天。

「啊！斑斑！」隔著運輸籠的透氣孔洞，釉釉勉強瞥見斑斑低調地躲在機車棚陰影處，不想被小艾爸爸給發現。

「釉釉！別擔心，等等我會一路跟著妳！反正，剛剛聽說認養人的家也住在附近而已，我的體力應該夠用！」

釉釉還是很擔心，但正想說些什麼，聲音卻被機車的引擎發動聲給掩蓋。

這場景多麼似曾相識！

當初，她也是這樣被媽媽放在機車腳踏墊，想送她去收容所，只不過當時沒被裝在運輸籠中，才能成功逃脫。現在呢？釉釉只能先忍受著運輸籠內的蒸騰暑氣與日曬，以及機車的強力振動。她勉強能瞥見幾眼，斑斑在機車後方苦追的奮力身影。

她真的不忍心看著斑斑跑在炙熱發燙的柏油路上，機車的時速好歹也有三四十公里，對任何再會跑的狗來說，都是體力與精神力的負擔。

斑斑一身棕、黑、白三色皮毛，在風中飛動，健美的身影馳騁在車陣中。聰明的牠一看到較爲安全的人行道，便飛速跳上去，奮起直追。不只要跟緊小艾爸爸的機車，斑斑還要閃躲各種汽車、機車、腳踏車與行人。看在釉釉眼中，真是膽顫心驚！

「上天保佑我和斑斑，等會兒能見到面！希望斑斑不要跟丟，也不要被其他的汽機車撞到……」運輸籠中的釉釉，擔心得淚眼婆娑。

還好，經過一處紅綠燈後，釉釉感覺車子右轉進了條小巷，車速也慢下來了。

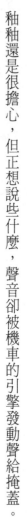

十三、厄運的收容所

最後，車子停在一處種滿花花草草的透天宅第前。

引擎聲才剛剛靜止下來，釉釉就聽見屋內有機警的狗兒在吠叫，似乎在問來者何人。

小艾爸爸似乎非常興奮，大概是想到釉釉有人領養，心情也十分雀躍吧！他按了按對講機。「黃太太！我到囉！」

「啊！好快呀！我馬上出來喔！」聽起來是個溫柔的中年婦女。十幾秒後，釉釉聽見了大門打開、腳步緩緩接近的聲音。

「唉呀！就是那隻奶油色的可愛臘腸美眉！讓我來瞧瞧！」一頭及肩捲髮的黃太太蹲下身，溫柔地透過運輸籠的間隙望著釉釉。

「很可愛吧？」小艾爸爸也熱情地回應：「我這就把牠放出來……不過，牠很活潑好動，等等可得抓牢了。」

黃太太一臉期待地等著，臉上堆滿無盡的慈祥。釉釉知道，自己與她無緣，但心底仍十分感謝。

台灣就是因爲有像黃太太與小艾爸爸這樣，願意發布流浪狗訊息與認養狗狗的熱心人，才讓無數狗狗有重生的機會。

「只可惜……我不是狗狗，無法接受這樣的命運！我還有爸爸要找，還得跟斑斑會合才行！」心一橫，釉釉在籠物門打開的那瞬間，輕輕地咬了小艾爸爸的手一口。

「啊！」就在黃太太與小艾爸爸都倍感驚嚇的瞬間，釉釉頭也不回，全速朝巷口逃去。

「對不起，很抱歉這樣傷害你們……真的謝謝……」淚水再度自釉釉眼中滑落，散在滾燙的風中。她逃著，呼吸著自由卻也危險的氣息，再度衝入車水馬龍的十字路口。

她一回眸，斑斑矯健的身影就映入眼簾。

「我來了！」斑斑一口叼起釉釉，大氣都不敢喘一下，立刻奔向較爲安全的人行道。

「我們走，走得越遠越好！」兩人爲了讓黃太太與小艾爸爸死心，又跑了好一陣子，直到看見一處陌生的公園綠地，才停下來休息。

「哈哈哈哈，還好，還好我們沒有走散！」兩人感恩地相視而笑，釉釉親暱地撲向斑斑，感激著自己的命運。

「還好妳機警，不然被關到認養人家的門後，可就來不及了！」斑斑也用手掌搭著釉釉的肩膀，磨蹭著她的小臉蛋。

「斑斑，剛剛那樣跑，很累吧……」釉釉心疼地問。

「不會啦！只是……有點渴了……」

再度淪落街頭，第一個考驗就是渴了、餓了，該怎麼辦？

斑斑與釉釉打起精神，繞著公園，好不容易找到一處公用花盆裡的積水，只好勉強喝了幾口。

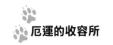

水又苦又臭，感覺裡頭還有蚊蟲的卵，但爲了生存，斑斑也毫不猶豫地喝進肚。

還好早上吃得很飽，還能撐得住，兩隻狗兒就先找了個涼蔭處躺著休息。對於接下來該如何找到爸爸，其實他們並沒有頭緒，盲目亂轉也並非辦法。

「畢竟真的太熱了，還是先儲存點體力，傍晚天氣稍涼時再說吧！」樹蔭下，斑斑一腳一腳地將落葉踩平，騰了個乾爽的地方躺下。

釉釉也依偎著牠，兩人開始閉目養神。

「也許，我能再做夢，得到什麼線索也不一定……」想起早上明明就能跟小艾彼此溝通，卻無法讓她相信自己，釉釉覺得非常扼腕。

一下有蚊蟲接近，一下又覺得落葉刺刺的不太舒服，釉釉左扭又動，就是無法進入夢鄉，更別說在夢境中找線索了。

「天下真是沒有白吃的午餐，我只能老老實實地等到傍晚，再和斑斑一起調查了。」釉釉閉上眼睛。

這一闔眼，醒來時已是晚霞爬滿天的傍晚。斑斑並沒有在身邊，大概是去找食物了吧？釉釉伸著懶腰，緩緩起身，抖落一身的葉片。

這時她身後傳來一群狗兒的說話聲。

「欸！那邊那隻小母狗，不錯吧？」

「我先過去了！」

「喂！等我啊！嘻嘻！」聽起來是一群年輕氣盛的公狗。釉釉好奇地回過頭，對方貌不驚人，身形全比釉釉大上好幾號，有一隻甚至比斑斑還要高大，都是米克斯流浪狗。

釉釉一與牠們眼神交會，就發現事情不對勁了！

牠們看著自己的神情飢渴又詭異，雙目充滿中邪的光芒。

「糟糕！」她聞到公狗特有的費洛蒙，這才知道牠們也聞到了自己的氣味，因此有了非分之想！

釉釉急忙狂奔，這一跑似乎又引發了公狗們的追逐慾望，又吼又叫、耀武揚威地衝來。

「等等，小美女！讓我好好來疼疼妳吧！」大狗吐著口水，雙眼充滿淫穢的意念，釉釉看了就雙腿發軟。

「不要過來！」釉釉努力想逃走，才別過頭，就被另外兩隻身手矯健，身高比她大上一號的公狗給擋住去路。

「哇！好棒的味道……」公狗轉頭就將鼻子對著釉釉的臀部猛聞。

「等等，我也要聞！」

「不要過來！」釉釉急得大叫，這片公園別說其他狗了，一點人煙都沒有，更不可能有好心的路人替她解圍……

就在釉釉驚慌失措之際，她已經被大狗壓在地上，對方全身的體重瞬間重重將她壓制住，別說掙扎了，根本動彈不得。

「你們這些混蛋！不要碰我！」

「別怕嘛！很快就結束了，嘻嘻！」大狗用力地在釉釉身上抽動起來，釉釉再怎麼單純，當然也明白自己正在被侵犯，身心痛苦的程度不亞於被刀子劃傷，卻連跑都跑不了……

釉釉感受到大狗在自己身上拼命磨蹭，一股被侵入的疼痛瞬間蔓延開來……

「走開！給我下來！」釉釉使出吃奶的力量用力一撞，但大狗根本不痛不癢。

「快點！你好了就換我了！」另兩隻擋住釉釉去路的公狗，吐著舌嘻嘻笑著。

眼前發生的事情，深深凌辱著釉釉的身心，和地獄酷刑比起來有過之而無不及，釉釉想起繁殖場中那一隻隻被打了催情針的發瘋母狗，心底一陣悲哀……

「給我下來！混帳！」熟悉的聲音打斷了釉釉的思緒。一回神，身上的重量忽然瞬間變輕了。

斑斑正凶狠地衝來，用力將大狗從她身上撞開！

「別壞了我的好事！你這老狗！」大狗被斑斑一推，直接就朝牠的喉嚨和腹部開咬。兩隻狗頓時在地上扭打成一團，斑斑體型佔了下風，多次被大狗壓倒在地。

此時，另兩隻公狗還不放過釉釉，一隻狗架著釉釉，另一隻狗則往她身上再度騎了過來。

「走開！走開！」釉釉學習斑斑的做法，猛力地在地上連續翻滾，趁機滑行到公狗的下腹，張嘴就是一咬。

「這臭娘們竟然咬我！」受到釉釉攻擊的公狗勃然大怒，一個巴掌揮了過來。

釉釉哪禁得起這麼一打！

她被打飛到一旁的樹根上，脊椎彷彿要散開似的，差點就昏死過去。

「釉釉——」斑斑怒吼，只見牠滿臉是血，硬從體型最大的狗兒身旁殺出一條血路，努力趕到她身邊。

釉釉只覺得身體一陣騰空，原來是斑斑又將她叼了起來，朝人行道上狂奔。

「啊啊！小心！有狗啦！」一個高中生連忙停下腳踏車，警告他身後的同學。

「欸！有狗在打架！」人行道上有不少放學的學生，也注意到了斑斑和釉釉。

又是人、又是狗，一片混亂之下，殺紅了眼的斑斑無法預料接下來會發生什麼事，一將釉釉放下來就四肢穩穩地攀在地上，惡狠狠地露齒咆哮。

「誰敢過來，老子就殺誰！」牠守在釉釉身旁，絲毫不讓那三隻公狗再靠近一步。

釉釉從沒看過斑斑如此凶猛嗜血的一面，牠的體型明明比最大的公狗小上整整一號，卻氣勢萬鈞，一副要與對方同歸於盡的恐怖模樣！

「再過來啊！我要撕開你的喉嚨！」斑斑持續咆哮，嚇得路旁的人狗都一片靜默。

另兩隻公狗，開始打了退堂鼓。

「老大，算了啦！不值得、不值得啦！」

「哼！」大狗走前，不忘口出狂言。「那種爛貨色！送我，我也不要！咱們閃！」

「給我滾！滾得越遠越好！混蛋！」斑斑怒吼道。

釉釉躺在地上，方才被摔的疼痛仍在骨頭各處爬竄，讓她根本站不起來。但她往上望時，發現斑斑的腹部早已被咬開一個大洞，耳朵、鼻梁也全是一片血……

「斑斑……傷得這麼重，爲什麼還能……」釉釉心疼地自言自語。方才的斑斑簡直渾身充滿怪力，散發出來的氣勢更是淩厲無比……

「釉釉？沒事吧？」斑斑用鼻子頂著釉釉，確認著她的傷口。牠的語氣柔和了下來，與方才的模樣簡直判若兩人。

「對不起啊……釉釉，都是我的錯，我剛剛聞到公園外頭有食物的香味，沒想到才走不到幾秒，妳就被盯上了……」

「沒關係的，斑斑！我沒事喔！我沒事！」釉釉努力翻身爬起，磨蹭著斑斑滿是咬痕的身體。

「天啊！這邊還有隻臘腸狗！」方才停下腳踏車的兩位高中生們看到釉釉，一前一後跑了過來。

「汪汪汪汪！」斑斑緊張得朝他們吠道。

「欸！我們是來幫忙的，不要這麼兇……我知道你很厲害，但現在已經沒事了！」高中生穿著男校制服，對斑斑露出尊敬的眼神。看來斑斑方才的奮戰精神，吸引了他們的注意力。「放鬆一點好嗎？你自己也受傷了，不是嗎？」

斑斑低下頭，再度選擇相信牠一向信任的人類。牠也不知道自己是怎麼搞的，只是看到釉釉因爲自己的失職而差點沒命，牠氣得只想跟這個瘋狂的世界拼了……

「來，我看一下最近的動物醫院在哪裡喔！」男高中生們拿出手機，翻找網路地圖，彼此討論著釉釉與斑斑的傷勢。

一旁的小學生也好奇地停下腳步。

「好可愛的臘腸狗喔！」他們朝釉釉伸出手，釉釉爲了釋出善意吸引人類的幫忙，忍痛搖了幾下尾巴。

然而，當釉釉回過頭時，斑斑已經倒在自己的血泊中，昏了過去……

※

釉釉半睡半醒，只感覺到有人將自己的身體放在冰涼又光滑的金屬平台上翻來翻去。她知道，自己正在醫院的診療台上。

釉釉仰起頭，觀察自己身邊的人們。

「這隻臘腸狗沒大礙，照了X光，脊椎沒問題。是說，醫藥費你們有辦法付嗎？」這種說話的語氣讓人寒心，對方戴著口罩，看來是個唯利是圖的醫生。

「呃！兩隻狗的X光費和診療費，我們一時生不出來……但，我們明天可以去班上募款。」說話的人，是方才發現釉釉與斑斑的兩位高中生，釉釉努力睜開眼，想看清楚救命恩人的臉。

他們擁有稚嫩清秀的外貌，一個戴著斯文眼鏡，一個擁有溫柔的單眼皮眼睛。

醫生聽到醫藥費有人付，便點點頭繼續說：「嗯！你們學生很有愛心，很好啦！我相信只要去募款，醫藥費多花點心思就有了。那麼，那隻花毛狗，我就先開刀囉！牠的肚子實在需要縫個幾針。」

是斑斑……釉釉擔心地聆聽著。

「請醫生盡量救牠吧！我們看牠跟其他狗打架的樣子，真的很勇敢，不希望牠就這樣走了！」高中生們爽朗地回答。「只要開刀……應該會好起來吧？」

「手術都有風險啦！但這種沒有飼主的狗，我們這邊最多只能留院觀察三天，三天內無人認養，就送到收容所喔！沒辦法，因爲我們醫院生意很好，床位預約都滿了。」醫生邊繼續在釉釉的傷口上擦藥，邊冷冷地叮嚀道。

高中男孩們面有難色，似乎很不希望釉釉與斑斑去收容所。

「欸！你家可以養狗嗎？先寄放幾天，然後上網幫他們找認養人……」他們彼此討論著，剩餘的內容，釉釉因爲太累了沒聽清楚。

醫生似乎給她打了鎮靜劑，一時間意識又模糊了起來。

接下來，釉釉感覺自己睡了場很累、很不舒服的覺。她忘記自己是怎麼爬到狗碗旁喝水吃飯的，只知道自己獨自在醫院的冰冷狗籠中待了很久。有時，會有護士來看她。至於斑斑的存在，她視線所及完全看不到、聽不見、嗅不到，只能掛念在心裡……

「斑斑——你在哪裡？」偶爾有點力氣時，釉釉會竭盡所能地在自己的籠中大叫。整棟房間的其他狗籠，並沒有傳來回答，反倒是護士會先出聲，制止釉釉。

「不要再呻吟！也不要亂叫！妳要好好休息，才有體力，知道嗎？」

當某天的陽光照在釉釉身上時，她才發現，自己被裝在一個簡陋的紙箱中，似乎要移動到哪裡。

一抬頭，都市的風景劃過車窗外，車體正顛顛簸簸地振動著。

「我又要被送去哪了？該不會……我被認養了吧？那斑斑呢？」

「我在這裡，釉釉。」斑斑溫暖且沉穩的聲音，讓釉釉猛然從紙箱中躍起。這時，她才發現，自己與斑斑並不是這輛大車上的唯一乘客……

聽覺一下子恢復了，釉釉耳邊頓時充滿鬧哄哄的聲音。

「嗚嗚嗚！」

「汪汪汪汪！」又是悲痛哀號，又是憤怒的吠叫，車內滿是負面情緒。原來，這是一輛捕狗車。

裡頭的狗兒不是擠在鐵籠中，就是被上了繩索，大家都被捕狗員固定在車中一角，不斷咆哮、吠叫、哀號。

簡直像囚犯的押解車般，不用多想，釉釉已經猜到自己將前往哪裡。

「收容所……」比起去思考自己會發生什麼事，釉釉更擔心斑斑的傷勢。牠被綁在離釉釉不遠處，爲了怕她擔心，還吐著舌頭露出燦爛的微笑。

斑斑解釋道：「我們在醫院昏睡了三天，我已經動了手術，生命沒有大礙。」釉釉看見斑斑下腹部的整齊針縫傷口，發現牠的其他傷口雖有上藥的痕跡與氣味，但怎麼可能在三天內完全復原？

釉釉雖然心存感激，卻也怨恨起現實的醫院。爲什麼斑斑的傷勢明明這麼嚴重，卻不能好好在醫院待到復原呢？她很感念高中生的熱心，也感謝醫生的救治，但三天的時間，真的太短、太殘忍了……

「斑斑，希望我們等一下，能被關在同一籠。」

「釉釉……」斑斑為難地苦笑。「這很難，在收容所，公狗母狗都是分開關的，而且我們體型也不同，不可能關在一起……」

釉釉的眼淚掉了下來。再一次，她的運氣用盡了，命運任人擺佈。

十四、絕望過後

「救救我！」

「我會死嗎？我不想死！」

「我的孩子！我被抓走了，孩子怎麼辦呢？」

「我要殺了你們這些愚蠢的人類！放我出去！」

全車的狗兒都在狂吼，憤恨的、悲哀的、無助的……一開始，釉釉的耳朵還不習慣，

當車子停止前進時，她聽到收容所內，傳來了一模一樣的悲號。

「汪汪汪汪汪！」不絕於耳的犬吠聲，讓釉釉神經緊繃。而她很快地就發現，除了入夜後狗群進入休息狀態之外，所有的時刻，整棟收容所內的每個狗籠都始終傳來同樣的噪音。

但這又怎麼能稱之爲噪音？

狗在求救、詢問、哀號、哭泣、辱罵，被關在鐵籠內，不知道自己的生命何時結束，太多的情緒無從發洩。釉釉清楚地記得，在台灣的收容所，狗只要超過十二天無人認養，除非獸醫罕見地開釋保留，否則都會強制進行安樂死。在安樂死的「死刑室」中，毒藥將從狗兒的肺部注入，慢慢流到心臟，使牠們痛苦地窒息而死。而當前面的狗兒痛苦驚慌地死去，後面隊伍中尚未打針的狗兒目睹前頭的慘狀，總會哀號、哭成一團。

緊接著，大家都將變成冰冷的屍體，去一個不知道有沒有天堂的未知空間。至於屍體，則會被打包成袋，集體焚燒後丟棄。人們甚至不會知道這些貓狗曾經活過、曾有過喜怒哀樂，也不知道牠們死前最後的恐懼。

「我一定要奮鬥到最後一刻！」釉釉曾經是人，有著人類生活該具備的樂觀，當她發現斑斑的籠位就在她正對面時，釉釉還喜悅地對著收容所人員搖著尾巴感謝。

畢竟，大多收容所人員的本性是善良的，只是犬隻數量實在太多，打掃籠舍時只能直接用冷水柱強力沖洗每個角落，所以經常讓狗兒都溼淋淋的，釉釉在第一晚就因此得到感冒，咳個不停。

「嘿，妳還好嘛？」一隻矮小的斑點吉娃娃問著釉釉。「我叫小不點，我可以睡妳旁邊嗎？」

「但萬一我把感冒傳染給妳……」

「沒關係。妳睡在那裡會冷吧？我們靠在一起取暖吧！」吉娃娃小不點微笑道。

同個籠子中，關著跟釉釉個子差不多大的矮小母狗，小不點是其中一隻。牠們的年紀多半比釉釉大上好幾輪，都生過好幾胎，被繁殖場利用殆盡後丟上街頭，最終進了收容所等死。

另外也有幾隻稍微年輕的母狗是米克斯混種狗，因爲在外流浪而被捕捉進來，她們晴天霹靂，也因此整天都在哀號，想重返自由。

「老娘打從生下來就在街上討生活，人類三不五時就踢我們、打我們、趕我們，虧欠我們的已經夠多了！現在還要把我們關起來，殺了我們！」流浪母狗們悲痛地控訴著，聽在釉釉耳裡，雖然心痛，卻也無力反駁了。

「嗚嗚……我的孩子，本來想把孩子叼去藏好，捕狗隊的捕狗杆不知打哪伸過來，突然就將我吊了起來……我的孩子啊……有兩隻還在外頭受苦著，另外兩隻也被抓了進來，要跟我共赴黃泉路了。」隔壁中型狗區的一隻虎斑母狗，哀痛地哭叫道。

釉釉聽到這番發言，特別留意了一下，才發現這頭母狗的身邊並沒有小狗，看來是被隔離到另一個幼犬區去了。

從這角度不管怎麼看，都不可能看到自己的親生骨肉，但虎斑母狗仍不斷地跳起來，甚至用嘴咬著鐵欄杆，爭取見到孩子的機會。

「我是釉釉，妳的孩子，多大了呢？妳叫什麼名字？」釉釉與虎斑媽媽攀談。

虎斑媽媽眼眶含淚的答道：「我叫阿嬌。我的孩子大約五六個月大，能勉強自行覓食了，但牠們畢竟還是孩子啊！要我怎麼不擔心？另兩隻現在大概還在街上找我和牠們的兄弟……至於跟我一起被捕來的孩子，我真不知道牠們怎麼了？在哪裡……只能長叫幾聲，也許能讓牠們聽到，媽媽在這。」阿嬌喘口氣，又發出好幾聲無奈又悲痛的長嚎。緊接著，她豎起耳朵，仔細在吵雜的眾狗聲中辨認，看有沒有孩子的回答。

阿嬌回想起自己悲涼的一生，感嘆道。「我已經看透了，這個社會很少人喜歡我這種花碌碌的虎斑狗，還是小狗時或許有人會覺得我可愛，把我帶回家，但我一長到現在這個體型，就只能獲得無盡的打罵，主人搬家後，就將我拴在原地棄養……」

釉釉不覺得虎斑狗醜陋，反而認爲牠們身上的斑點毛色很有氣勢，不論公犬或母犬都頗有韻味。只可惜，這世界就是這麼現實，不符合主流審美觀的事物，總是乏人問津……

「如果我的孩子在幼犬區，能被好心人認養，那我被逮進來也是上天的恩賜……但我想，有妳這種漂亮的純種犬在，是不會有人看上我們這種混種狗的……」阿嬌沒有惡意，但說出來的話，卻讓釉釉很難過。

「不，純種狗也有純種狗繁殖時可能潛在的基因缺陷或者好發的疾病，混血狗兒通常都更爲健康長壽，這是有醫學證實的……」釉釉知道自己的這番話句句屬實，但恐怕阿嬌聽了也不會特別開心吧？

釉釉只能默默的祈禱著阿嬌母子能早日相聚。

長夜漫漫，終會過去。釉釉與吉娃娃小不點互相依偎，終於等到了早上。釉釉覺得自己的體溫越來越高，咳嗽的頻率也越來越頻繁，實在沒什麼精神。

收容所每天都有許多「散客」三三兩兩地來拜訪，因為惡臭與噪音，這些人類客人大多皺著眉頭，並且用彷彿在尋覓什麼似的同情目光，掃視著每個狗籠。

「喂！看我這邊啊！」

「快帶我出去！」

「是人類！喂！聽得到我的聲音嗎？」每隻狗都盡可能想讓人類注意到自己，表現出激動、活潑，甚至凶猛的模樣，想吸引人類的注意。

不過，今早的第一批客人有些不一樣。她們兩人一組分開行動，步伐堅定，神情勇敢但親切，拿著大相機，在一個個狗籠前駐足，輪番拍照。

「來，我幫妳拍照喔！小美女！今天拍完大家的照片，我就上傳到網路，讓大家知道妳們在這裡，希望十二天內，妳們能被救出去……」一個戴著棒球帽的志工姊姊蹲在籠前，率先對親近人的吉娃娃小不點，按下快門。志工怕狗因為不看鏡頭錯失被認養的機會，還特地準備了零食肉乾，吸引牠們面對鏡頭。

幸福的零食香氣，立刻讓狗群都湧了過去。

而虎斑媽媽阿嬌，只是無精打采地躺在角落裡，嘴裡還喃喃唸著：「孩子啊……把我可憐的孩子還給我……」

「阿嬌……妳要不要也走向鏡頭，這樣被網友看到的機會比較高，說不定會有人帶妳出去！」釉釉深深知道這些攝影志工的用心，連忙鼓勵阿嬌。

「不用了。」阿嬌刻意背向鏡頭。不過，眼尖的志工完全沒有差別待遇，還特地移了好幾個角度，努力替阿嬌拍了幾張照片。

「哇！好帥的公狗！你有混到邊境牧羊犬的血統耶！一定很聰明吧？」一名男志工走到釉釉對面，正巧將鏡頭對著斑斑。斑斑勉強搖了搖尾巴，感謝志工的稱讚。

「咦？你的肚子……才剛開過刀嗎？背上也有好多傷口啊！」眼尖的男志工立刻多幫斑斑的傷口拍了幾張特寫。「我看你個性很溫和穩定，跟人打架一定有什麼苦衷吧？糟糕，肚子的傷口還化膿了……昨晚碰水了嗎？」

斑斑無奈地坐下苦笑，昨晚收容所用強力水柱清掃籠舍中的糞便，不弄濕傷口都難。

「別擔心，我會把你的緊急狀況寫到網路上，希望有人趕快救你出去喔！」男志工的安撫，斑斑銘記在心。但牠只希望釉釉能跟自己一樣，同進同出。

無奈，被醫院通報捕狗大隊之後，釉釉與斑斑的計畫完全被打亂了。兩人能否被認養走，甚至一起被認養走，機率都微乎其微……

斑斑氣餒地趴了下去，勉強給對面籠舍的釉釉，一個淺淺的無聲微笑。

「勸你若不想痛苦，就別抱太大希望！」斑斑身後，傳來一個老邁尖酸的聲音。牠回過頭，原來後頭大型犬籠舍中，有一頭警犬。

警犬有著黑嘴巴、黃黑身軀，看得出年輕時是人人稱羨的德國牧羊犬，但後腿部份似乎有些皮膚病，毛皮斑駁。

「你不覺得人類很狡猾嗎？表面上給你十二天，但實際上每天來收容所的人也不多，又把我放到這麼後面的位置，誰會看到我這老骨頭？咳咳咳……倒不如讓我現在死了，一了百了！」

斑斑一嗅就知道，這頭狗生病了，而且，病得頗重，才會一激動起來就咳嗽。

「那些警官也是，不看我以前在警察學校多麼照顧他們，每個都說要認養我，一聽到我感染了心絲蟲，要花上萬元治療，就找藉口開脫。之後，一個警察又偷偷把我賣給山上的工廠，現在工廠倒了，也沒人在乎我……咳咳咳，彷彿通報捕狗隊後，就沒他們的事了……當初，我可是天天賣老命在寒風中替他們守夜啊！」

斑斑聽了很心疼，當然也想替人類辯解，但看到昔日風光的老狼犬如今只剩一身病痛與激憤，話還是吞回嘴邊。

斑斑知道，「人類」這兩字絕對沒有善惡之分，遇到好人或者壞人，只能看每隻狗的運氣了……

「肚子的傷口好痛……」斑斑垂下頭，努力地將手術傷口上的膿水給舔掉。牠無精打采地趴下，與對面的釉釉彼此無言地對望著。

雖然造化弄人，但能跟釉釉這樣待在彼此的視線範圍內，已經是斑斑現階段最大的奢求了……

※

又過了一夜，早晨起來時，釉釉感覺自己與斑斑的身體狀況都更惡化了。

斑斑早上與她對望時，連笑容都擠不出來，雙眼無神至極。而釉釉自己也因為喉嚨腫脹、高燒不退，根本連動都不想動。

狗食和水，對釉釉來說已喪失了吸引力，她只能把自己擠在門口的位置，冷冷地望向入口。

「誰會進來呢？進來的話，會救我和斑斑嗎？」釉釉絕望地想。

籠子中的其他吉娃娃母犬正聚在一起取暖，而虎斑媽媽阿嬌仍滿臉淚水的思念著孩子，幾乎像被奪走魂魄般，遙遙望著籠舍走道的盡頭。

半睡半醒之際，釉釉聽到小不點在跟其他狗兒談話。

「當時，那個獸醫真的對我很好，所以我一輩子也忘不了他的臉！只是，他好像並不記得我了，就那樣被抬進醫院……」聽見「獸醫」兩字，釉釉勉強豎起耳朵聽。

「哦！我們在說小不點被繁殖場棄養在街頭流浪時，曾經路過一家人類的醫院，牠瞧見替自己做過剖腹產手術的醫生，被抬出救護車……」

「哦……」釉釉努力撐起精神聽著。

小不點淺淺一笑，似乎還對醫生懷抱著深深的感恩之情。「我這輩子生了無數個小孩，五年來不斷懷孕、生產……最後的一次，是那位戴著眼鏡的斯文中年醫生替我剖腹的，還一直勸我的飼主說：『牠這輩子真的受夠了，別讓牠生了，下一胎絕對會有生命危險的。』……雖然因爲我的飼主大發脾氣辱罵醫生，醫生就沒說下去，但他當時關心我的神情，真的讓我好感動！原來世界上還是有人希望我幸福的……當時的我這麼想。而且，我本來就有進食困難、牙齒鬆動的問題，醫生還默默幫我洗牙，讓我的牙齒變得強壯，這些費用，他也沒跟我飼主收，只當做善行順便做了……」

聽到這種描述，釉釉想到自己的爸爸，眼眶不斷湧出淚水。

此刻，對面籠的斑斑忽然使勁全力站起身，豎起耳朵發問：「等等，妳說妳的飼主不斷辱罵醫生？她是不是一個大嬸？一個很胖、頭髮捲捲的大嬸，每次都會帶一整批繁殖場的狗來給醫生看？」

「對、對呀！」小不點被斑斑激動的樣子給嚇到了，戰戰兢兢地回答。這時釉釉終於從悲傷中驚醒，被斑斑的問題給拉回現實。

「那……妳記得醫生叫什麼名字嗎？」釉釉連忙問。「是不是姓鄧？」

「這個我不知道。」

「那醫院的名字呢？」斑斑又追問。

「這我也不知道，只記得醫院在一間學校附近，每次去都聽得到學校鐘聲。」

「天啊！」釉釉驚喜地跳起身。「那是我爸爸的醫院啊！」

小不點完全不懂釉釉明明是隻狗，爲什麼卻稱人類獸醫爲「爸爸」，牠只能傻楞楞地點了點頭。

釉釉又追問：「妳剛說，妳在哪裡看到我爸爸？」

「哦……我流浪的時候，曾經看過那位獸醫被人攙扶到醫院，我是說人類的醫院喔！」小不點努力地回憶道。「他看起來全身無力，而且不認得我了，只是雙眼無神地四處打量周遭環境，我看到救護車的人員把他包在毯子裡抬下車……不過，醫院附近沒什麼食物，醫生又不認得我，我只好先離開了……那大約是一週前的事情了。」

「那不就是妳爸爸失蹤的時間嗎？」斑斑忍住下腹部的劇痛，對釉釉露出激動的笑容。釉釉也露出同樣的感激笑容回應，至少，此刻已經知道爸爸平安無事，還曾接受醫院的治療了。

「那麼，到底是哪間醫院？」斑斑與釉釉異口同聲地詢問小不點。

「嗯……名字我不知道，但附近有噴水池，還有火車經過的聲音。」

「哦！那是市民第一綜合醫院。」斑斑身後的警犬巴奇緩緩地說。「我以前值勤時常跟警員一起到處繞，錯不了的。」

「太好了！謝謝你們的情報！」釉釉高聲回答，病幾乎好了一半。

其他狗兒一頭霧水，只覺得釉釉的問題很莫名其妙，而釉釉與斑斑不想在大家士氣低落時解釋太多難以理解的事情，他倆互相交換著慶賀的神情，彼此點點頭。

此時，收容所的門打開了。白金色的陽光照耀進來，刺眼卻溫暖。

有一大群穿著黃背心的叔叔嬸嬸，快步地走進來掃視狗籠，似乎是屬於同個團體的，步伐一致，慈眉善目。收容所的員工也積極地跟在他們旁邊，拿著手中的名冊與他們討論著。

「我懂了，那就優先領養出病的、傷的，以及母子。你們想以米克斯為主，名種狗較多人認養，暫時先不收。對吧？」員工一面確認道，此時一旁的小不點已經聰慧地跳了起來。

「啊！他們是慈善團體，不然就是經營私人狗場的人吧？活菩薩啊！一定是來救我們的！」

其他的狗兒們一見到人，全都高聲呼救。可惜，無論這些叔叔嬸嬸有多大的能力，一次也無法救出所有的狗兒，只能優先挑選需要幫助的病傷犬、幼犬，以及模樣較悽慘、衰老、乏人問津的混血狗。

阿嬌、巴奇、斑斑、小不點與其他繁殖場的同伴全都被「欽點」到，一一帶出，大家多半歡喜無比，猛搖尾巴。而阿嬌與巴奇則是像看透世間冷暖般，不疾不徐地緩步走出籠子。

「不行！釉釉不走，我也不走！」斑斑奮力抵抗收容所員工的引導，牠一下躲到角落，一下又被逼得撞上籠舍牆壁。

「斑斑啊！沒關係！跟他們走吧！你的傷口不能再拖了！等我有幸出來，我就去你的狗場找你回來，萬一我被安樂死……那……」釉釉堅強地忍住眼淚。「那就下輩子再見了……」

「不行！釉釉！什麼下輩子，我才不要！」斑斑急了，撞開收容所員工，衝到釉釉籠舍對面吠了起來。「我們既然不能同生，那就同死吧！」

「哦！這隻花毛公狗，好像是跟這隻奶油臘腸母狗一起捕進來的，大概是捨不得她吧……」員工苦笑地對狗場的叔叔嬸嬸們解釋，話才說到一半，收容所門口衝入了一個黑色的人影。

「不好意思！那隻花毛狗和臘腸狗，是我的狗！」一身黑衣的小艾氣喘吁吁，高聲地舉起手機叫道：「我手機中還有牠們的照片，本來想將牠們送養再打晶片，無奈遺失了狗兒……希望你們能將這兩隻狗讓給我！」

小艾一說完，便深深地朝員工與慈善團體的叔嬸們鞠躬。率真剛烈的態度讓眾人先是一驚，但當他們釐清她的目的後，也釋懷地笑了。

一旁的斑斑與釉釉看到小艾的激動反應，也讓大家紛紛信服。

「那這兩隻狗就由失主領回囉！」等收容所人員一打開籠門，釉釉立刻感激涕零地躍入小艾懷中。

「對不起，小艾……謝謝妳，還願意來找我！」

「笨蛋！亂偷跑！爸爸和黃太太都急死了。」小艾邊摟住釉釉，邊指著一旁在身旁亢奮轉圈圈的斑斑。「你也是！還好我在臉書上，看到有志工貼了你們在收容所的照片，真是急死我了！」

十五、心電感應

小艾帶走釉釉與斑斑後，立刻再度將他們送醫。斑斑的情形比較嚴重，需要再度進行清創手術，在醫院調養。

而小艾這次選的醫院並不是別間，正是釉釉爸爸開業的醫院。因此，斑斑在這裡能接受妥善的治療，牠也願意好好休養了。

「斑斑，不管有沒有順利找到我爸，我都會回來看你！」

「釉釉別擔心，都來到這裡了，我會安心休養的。」躺在住院病房的斑斑，看起來稍嫌虛弱，神情卻十分安適。「妳也是，別逞強，要按時吃小艾餵給妳的感冒消炎藥，才能快點請小艾帶妳去妳爸爸住的醫院！」

「好，我已經知道怎麼做了！」

此時，釉釉聽到小艾正與診所內的爸爸晚輩──杜醫師、洪醫師攀談，談的正是小艾在追的繁殖場案件。

「我昨天已經將繁殖場的名單交給警方了，明天就會有他們大舉被逮捕的新聞出來。」

聽到繁殖場的惡人將有惡報，醫師都露出欣慰的神情，護士們還開心得鼓起掌來。

「不過……鄧醫師還是下落不明嗎？」小艾也問起釉釉爸爸的去向。

大家擔憂地搖搖頭。

「鄧醫師的家人已經報警好多天了，而且，聽說鄧醫師的小女兒幾天前也人間蒸發了……警方都找不出什麼頭緒來。」洪醫師嘆氣道。

釉釉苦笑地心想，我就是那個小女兒啊！

「真是的！」小艾接腔道：「那幫惡人，到底把鄧醫師怎麼了……希望警方能好好調查，不問出口供，絕不輕饒！」

「汪汪汪！」釉釉猛力地跳了起來，打斷小艾的談話。

「臘腸狗不能讓牠這樣跳，對牠脊椎不好喔！」洪醫師連忙制止釉釉。但釉釉飛快地掙脫了他的懷抱，撲向候診處的沙發。那裡，放置著小艾的筆電。

「咦！牠在打字耶！」看到釉釉竟對著小艾的筆電鍵盤又敲又打，大家都笑壞了。釉釉的狗掌迅速地在小艾寫到一半的文字檔案中央，鍵入「市民第一綜……」

「咦！牠在幹嘛？」大家驚呼連連，正想過來看，小艾卻眉頭一皺，苦笑地將筆電闔了起來。

釉釉急了，又跑向候診室中央的和室桌，對著鄧院長——也就是爸爸的相框照片，又舔又推。

「我家的狗好像發瘋了，哈哈。」小艾一陣苦笑地抱起筆電，忽然用力扯著釉釉的牽繩，匆匆帶著她走出診所。「今天先謝謝大家，再麻煩你們照顧那隻花毛公狗了！保持聯絡！」

釉釉心都寒了。「原來，小艾終究不相信我……難道前幾天那個彷彿會讀心術和我有心電感應的小艾，已經消失了嗎？」

沒想到，小艾一將釉釉放到前坐，立刻在車上的導航系統上輸入了目的地。

「市民第一綜合醫院。」

釉釉喜悅地吠了起來，對著小艾的手狂舔。

「好啦！好啦！冷靜！小姑娘！我畢竟是個擁有好奇心的記者，就先當妳是一頭神犬吧！反正，再相信妳一回也沒差！」小艾冷豔一笑，舉起手機撥給查號台。

「請問，前幾天醫院是不是收了一名叫鄧治文的男性？」她翻開了放在駕駛座旁的資料夾，裡頭全是劃滿重點的剪報。

「這些……都是有關爸爸失蹤的新聞，小艾果真很在意爸爸的去向，畢竟她知道繁殖場會對知情者不利……」釉釉欣慰地想道。

「哦？沒有這個人嗎？」小艾揚高聲調，釉釉的一顆心又懸了起來……

「那……」小艾瞥向腿上的剪報資料夾。

剪報上，有一大段新聞被小艾圈了重點，寫道：「鄧醫師的家屬表示，手機聯絡不上，也沒有人拾獲鄧醫師的皮夾。警方則推論，鄧醫師失蹤時身上可能未帶手機、皮夾，因此就算發現遺體或本人，也無法即刻證明身分。」

小艾吞了吞口水，對電話另一頭的院方人員，換了個問法。「請問你們有沒有收到一個身上完全沒有身分證明資料，連手機都沒有的病患，我想，這個病患大概也有點輕微失憶或昏迷多日……所以還沒登記自己的名字，這是很嚴重的失蹤案件，可能牽扯到刑事攻擊問題，還請您們儘快告訴我。晚點，我也會請員警過去調查，還麻煩您們協助了。」

院方人員在電話中說了一長串話，釉釉聽不清楚，急得在副駕駛座上轉圈圈。但掛斷電話時，小艾卻換上了一個堅毅而篤定的神情。

她終於發動引擎、踩下油門。

「您的目的地：『市民第一綜合醫院。』」導航系統緩緩說道。

※

醫院是不能帶狗進入的，因此小艾將釉釉塞進寵物用的旅行籠中，罩了件大衣在外頭，以掩人耳目。「我看妳好像跟鄧醫師很有緣，就破例帶妳進去！但妳可得不吵不鬧，若有事要跟我說，輕哼一聲就好！」

釉釉猛點頭。

此時，小艾跟前湧來三四個警察。「不好意思喔！借過！借過！」他們粗裡粗氣地靠在櫃台前，亮出證件問話。

「看來，警察已經接獲我剛剛的線報，先我們一步來找鄧醫師了，這樣也好，我就跟在他們後面吧！」小艾默不作聲、神色自若的跟在警察後面，提著覆有外套的寵物旅行箱，露出一些小縫讓釉釉透氣。

「哦！小艾，妳怎麼來了，也不打聲招呼？」警察跟小艾熟識，還寒暄了幾句。小艾還特地對他們的工作噓寒問暖，惹得警察個個都掛起微笑，大概也是因爲知道案情可能會有突破，警察大哥的臉上也帶著些許期待……

釉釉隱約感覺到自己、小艾與警察進了電梯，緩緩上升。

她的內心好激動，隨著人們的步伐移往病房，她也聞到了消毒水、藥物、醫療紗布等氣味……

最後，釉釉聞到了一絲微弱的人類體味。

「是爸爸的味道！病房到了！」釉釉忍不住輕哼了一聲，小艾動動籠子，要她安靜，但特地把大衣與旅行籠順手往病房的置物櫃上一放，讓釉釉也能看清楚病床上的人。

他正沉睡著。頭包著紗布、神情虛弱、穿著藍色的病人衣服，雖然看起來憔悴不堪、陌生無比，但……那的確是爸爸沒錯。

釉釉感動地流下淚水。「謝天謝地……是爸爸，原來他一直都待在這裡。」看見爸爸身上戴著氧氣罩，釉釉不禁擔心起爸爸的病情……

爸爸還記得自己是誰嗎？還記得她嗎？

醫院護士拿著病歷本，先低聲對警察解釋道。「這個病患昏迷了好幾天呢！今早卻忽然醒來，一直問家人在哪裡……但醫生要他回答自己的名字，他卻一時答不出來，我們怕一時給他太多刺激，只要他做搖頭、點頭的動作……然後，他又抱怨頭痛。下午我們給他舒緩的藥物後，便睡到現在……」

「爸爸！」釉釉猛然一喊，但呼喚聲卻成了一聲響亮的「汪」。

小艾尷尬地望著護士，又瞧向警察，此時，病床上的爸爸似乎受到了驚動，猛然睜開眼睛起身。

「釉釉？釉釉在哪裡？我一直夢到妳……釉釉！」爸爸顧不得頭上包著紗布，一副大夢初醒的模樣，對著一屋子的陌生人驚慌大喊，轉頭探看，連手腕靜脈上貼著的點滴管都差點被扯壞。

「爸爸！」釉釉又汪了一聲，這次小艾真的生氣了，提起旅行箱就溜出病房。

隱約之中，釉釉聽到了病房護士們的焦急聲音。「這位先生，請您冷靜，坐好別亂動！」護士又說：「警察問話可以等等嗎？我先去叫主治醫生！」

釉釉知道，一切已經沒事了。當小艾匆匆將她帶到女廁斥責時，釉釉便對著小艾感謝地猛搖尾巴。

這時，釉釉瞥見了廁所窗外的夜空。

今晚是滿月。月圓的日子，也該是家人團圓的日子了。

小艾將廁所大門關好，暫時將釉釉從籠子中放出來，自己則走進女廁隔間。「唉！

妳等等喔！既然都到廁所了，我去洗手間一下，妳也出來透透氣吧！」

釉釉本來想自己衝回病房，但洗手間的大門又重又厚，根本打不開……她正想等小艾上完廁所，腦袋卻忽然一陣劇痛。

彷彿有人朝她的腦門搥了千百遍似的，釉釉哀號起來。她痛得閉上眼，就在這瞬間，她清楚地在腦海中看到了犬婆婆撐著黑傘，對她得意微笑的一幕……

「謝謝妳的這場交易啊！做得好，孩子！」犬婆婆神秘而豔麗的身影，跟下著雨的那場夢一模一樣。

「等等……」釉釉渾身劇痛，視線一片模糊。忽然間，她感受到自己指尖的觸感。

「冰冰涼涼的……」再度睜開眼時，只見自己正穿著人類的睡衣，躺在女廁的地板上。

她變回人了！

「我……我變回來了……」釉釉不敢相信地看著自己的五根手指，她衝到廁所鏡子前，望著自己好久不見的人類臉孔。

她正是釉釉，那個可愛又充滿活力的長髮少女，耳下綁著低低的雙馬尾。雖然身上穿著變身那晚所穿的睡衣，而且還赤著腳板踩在地上，但釉釉此時，只想跳起來喝采。

廁所隔間傳來沖水聲，小艾要出來了！她趕忙匆匆地拎起寵物用的旅行籠，逃出了廁所。

釉釉衝回病房，也不顧警察和護士都在眼前，她只想緊緊抱住剛清醒過來的爸爸。

「釉釉！」爸爸流出感激的眼淚，雙手虛弱得不斷顫抖，努力環住釉釉的肩頭。

「這位小姐，妳……」護士與警察想將釉釉拉開，但爸爸舉起吊著點滴的手，懇切地搖搖頭。

「不要趕走她……她是我女兒啊！她是我這幾天昏睡做夢之際，最想念的好女兒啊……」爸爸喘著氣，哽咽地說。他慈祥的面容多了幾分蒼老與疲憊，同時也充滿了重獲新生的懵懂。

「那個……意思是說，您認得您女兒，也知道自己是誰囉？」警察驚呆了，忍不住又問。

「是的，我是鄧治文，家有二個女兒和一個妻子。」爸爸喘著氣，扶著脹痛的頭部，緩緩將話堅定地說完。「我經營一間寵物醫院。」

釉釉將臉埋進爸爸的懷抱中。

「爸爸，除了以上這些之外，您現在還多了一個家人了。」她微笑地理著爸爸紛亂的髮絲。「我領養了一隻狗狗，牠叫斑斑，現在在你的醫院住院。」

※※

美好的晨光中，上了牽繩的斑斑，神采奕奕地走在穿著藍色洋裝的釉釉身旁。這件洋裝是姊姊得知釉釉平安無事的出現在高雄卻只穿著睡衣時，臨時在路邊給釉釉買的。

這件洋裝也是釉釉外出時的最愛。

「釉釉，妳已經是個大女孩了，遛狗時穿裙子，裡頭還得加件短褲，不要曝光了喔！」爸爸在一旁敦厚地叮嚀著，聽得釉釉尷尬地大笑。

「有啦！不要擔心啦！」釉釉望了爸爸一眼，自從出院後，爸爸請了一個月的長假，留在北部陪妻女，一家四口加上斑斑，終於能團聚了。

今天，爸爸與釉釉起了個大早，替還在賴床的媽媽、姊姊買早餐，也順便帶斑斑出來蹓蹓。

爸爸雖然偶爾仍有頭痛的毛病，但整體的健康情形已經好了許多。而當時毆打爸爸頭部的繁殖場黑手，也早已被警察逮捕。案情水落石出，還大舉擊破高雄當地許多非法的繁殖場與寵物店，堪稱是愛心人士的一大勝利。

釉釉也親筆給記者小艾寫了封感謝信，說當初小艾救的奶油色臘腸母狗，已由她的朋友收養，要小艾別再掛心。事後，釉釉與斑斑也撥空親自到當初救走警犬巴奇、吉娃娃小不點、虎斑狗阿嬌的狗場探視。他們還親自拜訪了當初在爸爸醫院住院時，提供情報的幾隻狗狗朋友。

大家雖然未必過著幸福完美的生活，卻也在各自的棲身之所，繼續面對生活中的挑戰與難題。

早晨的微風特別清新宜人，季節更迭之際，路樹也開始由綠轉黃。每天早晨遛狗時，順便吸收芬多精，已成為釉釉與斑斑生活中的一大樂事。

「啊！前面是李醫師的診所！」釉釉指向巷弄外的一棟白色建築物，對爸爸說：「這是我和斑斑在附近最信任的診所。」

恰巧，李醫師也起了個大早，走到醫院外頭拿取外送的羊奶。

「嗨！李醫師，這是我跟您提過的爸爸，他也是獸醫。」

「哦哦！終於見到本人啦！久仰！」李醫師平常雖然嚴肅冷靜，看到釉釉爸爸時卻露出明朗且尊敬的微笑。

「謝謝你照顧我女兒與我兒子！」釉釉爸爸笑著，指了指釉釉與斑斑。兩人輕聲聊天之際，釉釉發現斑斑正朝巷口望去。

一大群狗兒的身影，映入眼簾。牠們趾高氣昂且神秘地成群走著，簇擁著一位黑衣老婦人。老婦人的穿著比釉釉第一眼見到時高貴許多。她穿著絲質黑長裙與保暖的灰色針織外套。

不用多說，釉釉也知道她是誰。

寧靜且充滿默契地，釉釉與犬婆婆交換了一個會心的微笑。犬婆婆仰起下巴，繼續領著一大群狗兒走過街口。

她手中拎著一大包狗食，釉釉在寵物店看過，那牌子是屬於高營養的高價位狗食。

「哦哦！那位犬婆婆……似乎經濟能力變好許多。」李醫師順口跟釉釉搭腔道。「我看她最近搬到公園附近的一棟屋子去了，穿戴也光鮮亮麗許多，真不知道突然間哪來這麼多錢哪……」

「對呀！」釉釉微笑地聳聳肩。

斑斑也在一旁用尾巴撓了撓釉釉的腿，咧嘴微笑。

變回人類後，釉釉最不習慣的，大概是無法親耳聽懂斑斑說的話語。但他們之間的情感與共同創造的冒險回憶，早已不需言語。

身為彼此的患難之交，斑斑的一舉一動、喜怒哀樂，釉釉自然能夠輕易明瞭。

像牠此刻輕扯牽繩，頭往前傾的動作，就在暗示釉釉，該回家吃早餐了。

「那李醫師，我們先走囉！」爸爸和藹地向李醫師道再見，也好奇地望向走遠的犬婆婆一眼。

他心中忽然湧起一陣似曾相識的感覺，但卻想不起來。

「爸爸，走啦！」釉釉輕輕拉住爸爸的手。

「嗯嗯！走！回家吃早餐！把媽媽姊姊這兩個懶惰蟲給叫醒！」爸爸興奮地說。「不然啊！我們就先把好吃的蛋餅吃掉！哈哈！」

「好啊！好啊！」釉釉笑著。「爸爸，別忘了今天是週末，我們要租片子回來，和斑斑一起窩在沙發上看電影喔！」釉釉甜甜地叮嚀道。

「好，沒問題！」聽見爸爸爽朗的回答，斑斑也咧起嘴喘氣微笑。

兩人一狗，就這麼往清晨的巷弄折返回去，穿過綠意環繞的小巷，回到安適舒心的家去。

（完）

社團法人中華民國保護動物協會

台灣第一家動物保護團體

Animal Protection Association of the Republic of China，簡稱APA，成立於民國四十九年六月，迄今已有五十餘年歷史，是全國第一個成立的動物保護團體。在過去的歲月中，除孜孜致力於宣導動物保護觀念外，也從事流浪動物收容工作。並於民國八十七年催生「中華民國野生動物保育法」與「中華民國動物保護法」。近年來，以透明化、企業化之管理觀念大力改革，保育場內已全面進入電子化系統，落實場內每一犬貓植入晶片、絕育及建立資料，並派駐專業獸醫師為犬貓健康把關，安排犬隻接受訓練、增進親和力，使之回歸人類生活家庭。

協會所屬「八里保育場」

民國七十七年匯集愛心人士設立「流浪動物之家」，首設於永和福和橋下，民國八十年間遷至淡水，命名爲「淡水流浪動物之家」，八十九年十月遷至八里鄉現址，更名爲「中華民國保護動物協會所屬八里保育場」。

近年每年從公立收容所救援瀕安樂犬隻，並全場管理作業進入電腦化階段，落實場內犬隻植入晶片、建立犬籍狗卡，定期全場施打預防針、環境消毒，致力於提升場內之動物生活品質。並全年開放讓民眾及各級學校參觀，使八里保育場也同時擁有教育功能，我們期待，讓每一位捐款人的善心奉獻都能達到最有效率的運用。

「您領我養」長期認養計畫

每天二十元，就可以認養八里保育場的動物們，幫助我們募集經費，支援我們給動物們一個安定的生活所在。

「狗來富專案」 golafu.apatw.org

我們從公立收容所中領出年輕、健康又面臨安樂死的狗兒們，帶回八里保育場照顧後，爲他們在鄉間尋找代養家庭，讓他們到鄉下過快樂生活，不會再被關籠，也不用在擔心生命有所威脅！

「台灣動物新聞網」 www.tanews.org.tw

一個專業報導動物新聞的專門網站，以匯集各領域動物實用資訊、報導各方動物消息、鼓勵公眾關心動保議題爲目標，致力打造人和動物和諧共處的社會。

支持我們

郵政劃撥	0129-6665	網　　站	www.apatw.org
戶　　名	社團法人中華民國保護動物協會	粉絲專頁	APA中華民國保護動物協會

核准勸募字號：內授中社字第1025059185號

培育文化 奇幻魔法 17

我與斑斑的奇幻流浪

作者　夏嵐
責任編輯　陳竹蕾
美術編輯　蕭若辰
封面/插畫設計師　EMO

出版者　培育文化事業有限公司
信箱　yungjiuh@ms45.hinet.net
地址　新北市汐止區大同路3段194號9樓之1
電話　（02）8647-3663
傳真　（02）8674-3660
劃撥帳號　18669219
CVS代理　美璟文化有限公司
TEL／(02)27239968
FAX／(02)27239668

總經銷：永續圖書有限公司
永續圖書線上購物網
www.foreverbooks.com.tw

法律顧問　方圓法律事務所　涂成樞律師
出版日期　2015年5月

國家圖書館出版品預行編目資料

我與斑斑的奇幻流浪 / 夏嵐著.
-- 初版. -- 新北市 : 培育文化, 民104.05
面 ;　公分. -- (奇幻魔法 ; 17)
ISBN 978-986-5862-55-8(平裝)
859.6　　104004050

※為保障您的權益，每一項資料請務必確實填寫，謝謝！

姓名		性別	□男　□女
生日	年　月　日	年齡	
住宅地址	郵遞區號□□□		
行動電話		E-mail	

學歷

□國小　□國中　□高中、高職　□專科、大學以上　□其他______

職業

□學生　□軍　□公　□教　□工　□商　□金融業

□資訊業　□服務業　□傳播業　□出版業　□自由業　□其他______

謝謝您購買 **我與斑斑的奇幻流浪** 與我們一起分享讀完本書後的心得。務必留下您的基本資料及電子信箱，使用我們準備的免郵回函寄回，我們每月將抽出一百名回函讀者，寄出精美禮物以及享有生日當月購書優惠！想知道更多更即時的消息，歡迎加入“永續圖書粉絲團”

您也可以使用以下傳真電話或是掃描圖檔寄回本公司電子信箱，謝謝！

傳真電話：（02）8647-3660　電子信箱：yungjiuh@ms45.hinet.net

●請針對下列各項目為本書打分數，由高至低5～1分。

	5 4 3 2 1		5 4 3 2 1
1. 內容題材	□□□□□	2. 編排設計	□□□□□
3. 封面設計	□□□□□	4. 文字品質	□□□□□
5. 圖片品質	□□□□□	6. 裝訂印刷	□□□□□

●您購買此書的地點及店名______

●您為何會購買本書？

□被文案吸引　□喜歡封面設計　□親友推薦　□喜歡作者

□網站介紹　□其他______

●您認為什麼因素會影響您購買書籍的慾望？

□價格，並且合理定價是______　□內容文字有足夠吸引力

□作者的知名度　□是否為暢銷書籍　□封面設計、插、漫畫

●請寫下您對編輯部的期望及建議：

221-03

新北市汐止區大同路三段194號9樓之1

傳真電話：（02）8647-3660

E-mail：yungjiuh@ms45.hinet.net

廣 告 回 信
基隆郵局登記證
基隆廣字第200132號

培育

文化事業有限公司

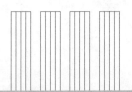

讀者專用回函

我與斑斑的奇幻流浪

培養文化育智心靈的好選擇